Kadokawa Fantastic No
綾里惠史
Keishi Ayasato
鵜飼沙樹
illust.Saki Ukai
Fremdtorturchen
異世界拷問姫
5

✦✦✦✦ 往日・或者是逝去的未來・

✦✦✦✦ 神與惡魔與兩名拷問姬

✦✦✦✦ 黑之大軍

陰天，氣溫平均以下，與惡魔的戰鬥：目前為止沒有。

探索城內時似乎有了某種發現，所以接下來由我代為記述。
因為我認為就後世所見，或許會有可能需要這一連串的記憶。
前一回的記錄者是「使徒」的事實也真的很耐人尋味。
至於其內容，老實說形同虛設。
然而，「使徒」刻意進行「形同虛設」的記述，
這一點也是頗為耐人尋味的事實。或許他自己也對
背叛一切的行為有所想法吧。
雖然事到如今，那一切可以說是消失得灰飛煙滅。
目前我在「拷問姬」的城堡裡繼續進行搜索中。
差不多想要快點得到某種線索了呢。
正如「使徒」上回所述，目前處於
不曉得明天的人世會變成怎樣的狀態。
什麼「就是因為這樣，我希望至少認識的人能盡量歡笑」，
我完全不這樣想就是了。
的確，必須想辦法處理現狀才行。這正是我的使命。
吾等要殺人，成就救世。因為我就是為此而被創造出來的。

今日餐點……………………這個項目有意義嗎？
伊莉莎白大人的反應……………所以說，其實真的沒意義吧？
今天的愚鈍的隨從大人…………這個項目究竟是？
今天的愚鈍的隨從大人2 ………謎到極點。

如果處女少女（My Lady）在的話，
就能詢問她對意義不明之處的意見了吧？
就算思考也沒用呢，繼續搜索。

異世界拷問姫

[illegible]remdtortur[illegible]hen

5

綾里惠史
Keishi Ayasato
鵜飼沙樹
illust.Saki Ukai

Kadokawa Fantastic Novels

Character

小雛

Hina

弗拉德在過去製作的機械人偶女傭。櫂人的戀人、伴侶、士兵、武器、玩物、性愛道具與新娘。討伐完十四惡魔後，為了阻止伊莉莎白被處死而與櫂人一同背叛人類，如今以他妻子的身分一起過著逃亡生活。

伊莉莎白·雷·法紐

Elisabeth Le Fanu

「拷問姬」。將自己所有領民乃至邊境貴族加以拷問與虐殺，因此罪孽而被決定要處以極刑的美麗少女。「在被處刑前成就善舉吧。」被教會下令去處罰與惡魔訂下契約的人們。討伐完十四惡魔後，因櫂人背叛人類之故，從教會那邊接到殺掉他的新指令。

弗拉德·雷·法紐

Vlad Le Fanu

「拷問姬」的製作者，自稱是伊莉莎白的父親。與十四惡魔的頂點「皇帝」締結契約，卻被伊莉莎白給討伐了。如今被封入石頭的靈魂複製品與櫂人他們同行。將櫂人視為自己的後繼者。

肉販

Butcher

身披黑布，肩揹染血巨大布袋，擁有雞腳的亞人。從來沒有人見過那塊布裡面的實體。只要是冠有「肉」之名的東西，不論什麼都能從某處弄到手。伊莉莎白每次都從他那邊購買內臟。他只對肉的事感興趣，除了肉以外什麼也沒放在心上……的樣子。

瀨名櫂人

Kaito Sena

在長久的虐待後，被慘酷地殺害的少年。被伊莉莎白召喚而當了她的隨從。因生前經驗使然，一旦心中產生恐懼或憤怒、憎恨等激烈的情感，反而有變冷靜的傾向。討伐完十四惡魔後，為阻止伊莉莎白被處死，而以「皇帝」的新契約者之姿選擇成為人類公敵的道路。

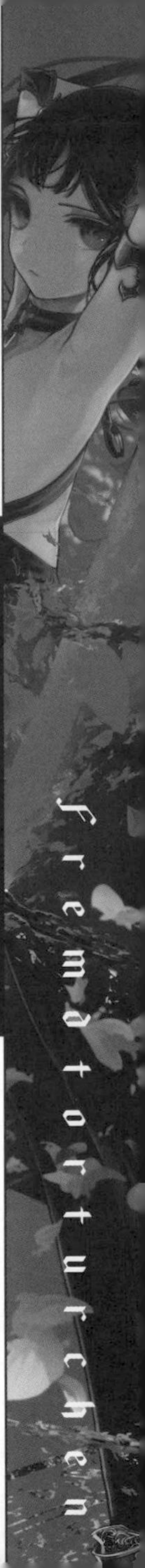

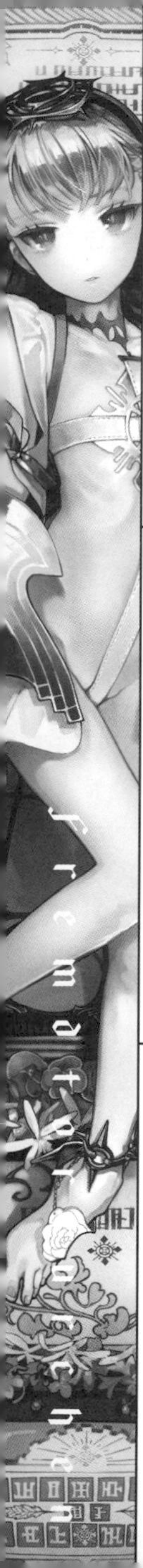

皇帝

Kaiser

在弗拉德留下的靈魂複製品的建議與幫助下，藉由櫂人之手再次被召喚至下界的十四級惡魔的頂點。將弗拉德當成「在腦內飼養地獄的男人」而欣賞他，稱呼櫂人為「十六年間的痛苦累積」而中意他。心高氣傲、個性急躁。

伊莎貝拉·威卡

Izabella Vicker

聖騎士團現任團長，擁有強大魔力、崇高精神以及完美劍術。曾在「串刺荒野」失去弟弟。在王都與櫂人跟伊莉莎白共同戰鬥，擊退「君主」、「大君主」、以及「王」。雖然是以職務為優先的人物，卻也對櫂人他們感到親切。

惡魔

diablo

企圖破壞神之創造物的這個世界的存在。本來棲息於高次元，無法與人界扯上關係，不過在十四名契約者出現後，惡魔在各地帶來了損害。有騎士、總裁、大總裁、伯爵、大伯爵、公爵、大公爵、侯爵、大侯爵、君主、大君主、王、大王、皇帝這十四位階的惡魔，契約者雖能得到龐大的力量，卻會失去人體。所有惡魔應該都討伐完了才對……？

守墓人

Fiore

教會最高司祭之一，負責警備王族地下陵寢的狂信者。該人物讓神聖生物吃下惡魔肉，再混合人類產生出守門者，同時也創造出用人類痛苦妝點的房間。長久以來隱匿著「初始惡魔」這個教會的最高機密。

貞德·德·雷

Jeanne de Rais

自稱是聖女賤貨的少女，其真面目是鍊金術師們創造的人工「拷問姬」。為了救世，命令櫂人與伊莉莎白跟隨她，然而……？

琉特

Clueless Ray Faund

狼族獸人，所有獸人祖先之一的「森之王」第二皇女薇雅媞·烏拉·荷斯托拉斯特的私兵團第一班班長。有一名山羊族的妻子。將櫂人邀請至獸人之里。

fremdtorturchen

遙遠昔日的故事

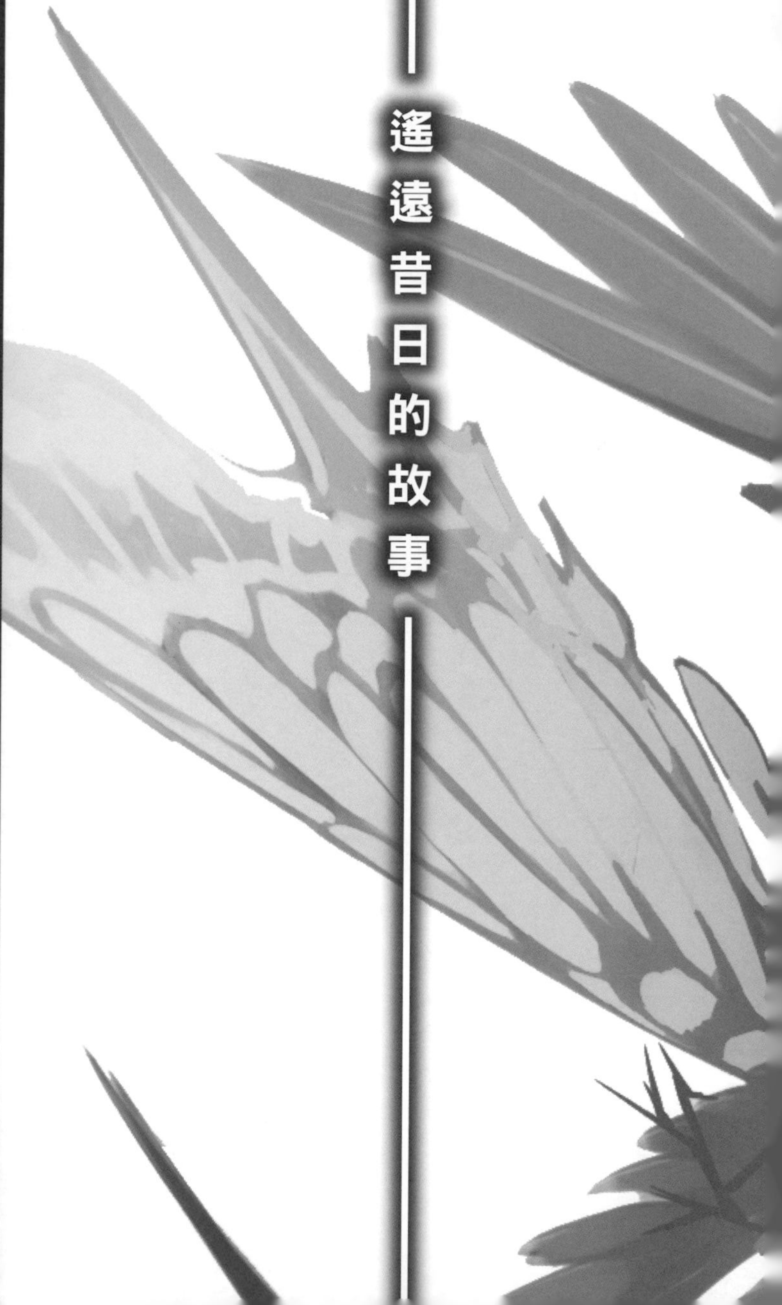

這裡空無一物。

而且也應有盡有。

打個比方來說，此地就是純白色的畫布，或是黑漆漆的畫布，並未繪上「具有意義」的圖畫。也就是說，是塊可以恣意繪畫的畫布。

這裡是虛無，同時也很自由。明明空無一物，卻又應有盡有。

對手握繪筆之人而言，此地等同於理想的樂園，畢竟可以按照自身所願去創造天堂。若硬要選擇的話，也能造出地獄吧。然而對身為此次繪圖者的她而言，不允許有這種自由。

至於緣由，因為她是稀世的罪人，其肩上擔著重罪。

她必須負起弄傷上一張畫布的責任才行。

為此，她必須創造天空，創造大地，製造出海洋才行。

必須讓植物在大地上繁衍，創造月亮與星辰，放養魚鳥野獸還有家畜才行。

接著是創造人與獸人、亞人，最後則是休眠。

這正是她賦予自己的命運，從贖罪中逃離是不被允許的。

她知道。到了後世，每個人都會尊崇她吧。與過去漸漸滅亡的人們對她的怨嘆聲完全相反，她肯定會以「聖女」之姿被獻上所有稱讚。畢竟她將會成為所有人的母親。身為替孩子犧牲的「受難聖女」，她甚至會受到信奉吧。然而，永永遠遠都不會有人去思量她的真心。

不會有人有興趣知道她被安排好聖女這個角色前的模樣，也不會想去找尋真相。然而，她無意去責備這件事。在前一個世界裡，所謂的民眾就是這種生物。他們總是只聽自己想聽的事，只看自己想看的事。

羊群原本就是愚昧之物，這一點無誤。

然而，這終究真的不是罪嗎？所謂的無知，不是該被丟石頭的行為嗎？她不被允許，他們卻被原諒，這就只是矛盾。

既然如此，他們的存在方式本身根本就有錯不是嗎？

不久後，這個念頭盤旋在她的心中久久不肯離去。

在長久煩惱之後，她創造了某個事物。除了大地與海洋還有植物和太陽月亮星星，以及魚鳥野獸家畜，人跟獸人還有亞人以外的東西。她選擇亞人作為那東西的基本素體，為了讓那東西長久地生存下去，正確地說複雜地混合到沒人搞得清楚的地步。

就這樣，她創造了醜陋又可愛、只屬於自己的隨從。

如今，她一邊用雙臂擁著用紅布包住的塊狀物，一邊站在那東西面前。

當時她還沒有流出血淚，也沒被倒吊。她只是對懷中的塊狀物露出慈愛的微笑。這還只是重整的初期階段，世界仍是白紙一片。這裡甚至沒有風。然而，是某種奇蹟嗎？有那麼一瞬間可以窺見布的內側。紅黑色異物露了出來。

她抱著的東西，是惡魔的肉塊。

她彎下身軀，將包裹遞向自己的隨從。她輕輕地將惡意的種子遞給他，簡直像是在託付親生小孩似的。隨從溫順地接了過去。

他有如要守護駭人肉塊般緊緊擁住它。

「乖孩子」——她如此低喃。

「乖孩子呢」——她用滲出瘋狂的聲音，甜膩地如此稱讚。

這是好久好久以前的故事。是被稱作創世記未免過於醜惡的悲傷逸話。

然而如果要稱其為童話，這故事實在是太扭曲了。

1 無辜的犧牲

fremdtorturchen

藉由「拷問姬」與其隨從之手，十四惡魔被討伐了。

人類的慘烈戰役告終。然而結果卻導致這世界遭受到嚴重打擊，有如出現裂痕的棋盤。

特別是刻劃在王都上的「汙穢傷口」，它帶來了新的問題。

如今，教會高層與一部分的狂信者，還有想要從復興王都的負擔中逃離的人們，正企圖喚醒初始惡魔，藉由散布破壞促使寄宿於聖女身上的神重整世界。

他們相信修復世界之際，「正確的信奉者」會被留下。然而，這個想法卻過於天真，比小孩的夢想還要膚淺。

神創造世界，惡魔破壞世界。祂們就只是這樣的存在。

所謂重整，就只是塗掉既存的繪畫，在上面繪一幅新畫的行為。

除了握有畫筆之人以外，所有人都會死。這就是答案。

而且，據說在世界的背面，有人為了此時而行動至今，也有人為了阻止而行動至今。身為前者的「肉販」將惡魔之肉交給弗拉德，替世上帶來災厄。雖然十四惡魔都被殺害，卻也留下足夠的打擊，活化了渴望重整的情勢。

如今，惡意的花朵正打算鮮豔地綻放。

為了阻止此事，身為後者的鍊金術師們犧牲一族，製造出新的「拷問姬」。她正是虐待奴隸拯救世界，自稱聖女賤貨的救世少女。

是擁有蜜色秀髮與薔薇色眼瞳、身著以最少限度布料製成的純白色束縛風洋裝美少女。

貞德・德・雷。

如今在她的帶領下，櫂人他們造訪了位於王族地下陵寢最深處的封印之地。

此處是仿照小孩房蓋出來的。乍看之下，室內被點綴得很可愛，然而實際上卻是用痛苦裝飾得十分詭異。壁面埋入用來代替花紋壁紙的活人臉龐，天花板則是垂掛用來代替緞帶蝴蝶結、撕裂腹部挖出來的內臟。

中心處，有如惡劣玩笑般擺著純白色的搖籃。

在裡面，初始惡魔有如安撫般被搖晃著，閉著眼睛。

在壓倒性強大且邪惡的存在前，貞德就某種意義而論很傲慢地撂下話語。

「如此一來，你們（Lovers）就知道真相還有事態有多嚴重了呢。瀨名．權人。伊莉莎白．雷．法紐。我知道你們兩人有著互相殘殺的命運。然而，如今請拋開所有事物，捨棄一切，有如奴隸般誠心誠意地侍奉我吧。」

薔薇色眼眸直勾勾地望向兩人。

然後，貞德．德．雷──被造出來的「拷問姬」有如理所當然般接著說道：

「照這樣下去，現在的世界會不留下半點痕跡地滅亡。」

這句話語有如最終宣告般迴響在室內。

＊＊＊

「………………唔。」

「………………嗯。」

聽完貞德如此斷言後，權人跟伊莉莎白緩緩在胸前交叉雙臂。兩人閉上眼睛，就像在細細品味近乎命令的請求。伊莉莎白的美麗臉龐，以及權人不合年紀的稚氣臉龐都因為認真的表情而僵硬。時間就這樣經過數秒，兩人同時睜開眼睛。

他們沒有互相交換意見。兩人甚至沒有朝彼此使眼色，就這樣做出回應。

我拒絕！

拒絕的回應互相重疊，連一絲偏差都沒有。

貞德眨了眨眼，她傾著頭。

「決定得還挺快的不是嗎？你們兩位(Lovers)。而且還是出乎意料的回答。就算以回應速度而論，也不是具有意外性這種程度的事。那麼，請說明理由。」

「其一，妳為了那個什麼救世，之後會怎麼做是未知數。」

伊莉莎白豎起食指。

她一邊讓塗成黑色的指甲發出光輝，一邊無意義地轉動指尖。

「在無法判斷妳的指示與計畫是否妥當的狀況下，就算妳叫吾等成為隨從，吾等也只會大大地否決喔。而且話又說回來，妳覺得從哪個角度用何種方式看，余會像是在別人底下有如奴隸般工作的那種令人敬佩的女人呢，嗯？」

「嗯，一點也沒錯，看起來完全不像呢。」

伊莉莎白一臉凶惡地比著自己的胸口，櫂人在她身後感觸良多地點頭同意。

被你這樣說實在難以原諒，之後就殺掉你。為啥啊。兩人像這樣交換毫無緊張感的對答。就算事情走到這般田地，他們還是沒變。在這副模樣面前，貞德將頭傾向另一邊。

「原來如此，還算是符合邏輯。最後那句話也有著奇妙的說服力。除此之外呢？」

「其二，不論吾等意願為何，反正妳也打算將吾等捲入救世的紛爭吧？既然如此，為何要刻意甘於隨從的立場呢？這樣不知有什麼好處，也沒有確切的證據證明妳真正的意圖值得信賴。」

「原來如此，原來如此，除此之外呢？」

「其三，櫂人，告訴她。」

伊莉莎白用下巴朝櫂人微微一比。兩人還是沒有交流彼此的想法。即使如此，他仍然極自然地把她的話語接了下去。

「單純就是我們看妳不順眼，以上。」

「原來如此，極不符合邏輯。」

貞德點了點頭。然而，她的反應也只有這樣。雖然看起來不像可以接受，卻也沒有失望的樣子。貞德只是以左腳為軸心，在原地轉了一圈。

有如囚犯般束縛在纖細手腕上的鎖鍊嘩啦啦地搖晃。

「也就是說，雖然無意成為隨從，卻會繼續維持合作關係，我可以這樣理解嗎？【讓你們這種頭腦簡單四肢發達的傢伙知曉世界的祕密到這個地步，再跟你們為敵可不有趣吶！正如你們所見，我可是惹人憐愛的少女呢！】」

「妳這傢伙還是一樣，以絕妙方式讓人不爽，用詞遣句也是亂七八糟啊。不過，妳要那樣理解也無妨。反正愚鈍至極的隨從也打算好心地介入此事吧。余就不同了。就算妳說要救世，余從頭到尾都是毫無興趣。」

「哎呀，既然如此，就是要在這裡脫隊嘍？【意思就是要開打嗎，喂！】」

「不，余就助妳一臂之力，而且還會盡全力。給余欣喜吧。」

伊莉莎白露出殘忍笑容，同時如此宣布。櫂人用想要說「果然如此」的表情點點頭。另一方面，貞德明明處於要求對方協助的立場，卻又不可思議地再次將頭一歪。

「其理由是？」

「余殺了十四惡魔。全部打倒，悉數殲滅。」

伊莉莎白的語氣忽然變得冷酷無情，瞇起紅眼。

將銳利殺意放上舌頭後，伊莉莎白濕黏地低喃。

「想不到那只不過是世界重整的暖場戲啊——少開玩笑了。既然有人嘲笑余所累積的屍骸，余就不能讓對方活下去。全部殺掉，而且還要用符合『拷問姬』之名的方式。」

她豪氣地如此嗤笑。那副笑容既美麗又扭曲，而且邪惡。

伊莉莎白用像是要伸出舌頭舔嘴唇般的模樣，冒瀆地做出斷言。

「即使對手是聖女，是惡魔，還是神都一樣。」

「我就為此稱讚吧。這樣才是初代『拷問姬』，自甘墜落為罪人的女人啊。」

貞德高聲拍響雙手。在她的手腕上，鎖鍊宛如樂器般喀啦喀啦地響著。她將手掌壓在胸前，行了一個高雅的禮。貞德驕傲地表示贊同。

「就是這樣，吾等非得傲慢不可。若非超越神與惡魔的人之偉業，是要如何救世呢？」

櫂人唔的一聲陷入沉思。基本上，貞德對任何人都不改其桀傲不遜的態度。然而面對伊莉莎白時，卻隱約可見她略微友好的反應。

（「拷問姬」製造計畫是在遙遠的過去立案的吧。不過，當時應該還沒有「拷問姬」這個名稱才對。既然貞德連用詞都用模仿的，恐怕實行計畫時也參考了伊莉莎白這個存在。）

或許貞德在面對成為自身樣本的女孩時，心裡有產生一定程度的敬意吧。然而對伊莉莎白而言，那些稱讚就像可有可無之物一樣。她微微聳了聳肩。

就在此時，伊莎貝拉介入兩人的對話。

「抱歉在兩位談話時插嘴，不過在這裡繼續吵鬧下去不會很不妙嗎？打從方才開始，諸位就發出了頗為大聲的音量……如果那東西醒過來，各位打算如何是好？」

現在，伊莎貝拉被巨人化的「機械神（Deus ex machina）」——由貞德率領、活生生的四合一召喚武器——抱在懷中。她在鋼鐵製的壯碩臂彎裡，一臉慘白地望向搖籃。她的眼神中滿溢著出自本能的恐懼。

櫂人與伊莉莎白也望向初始惡魔那邊。如今，那東西正深深地沉眠著。

（不過既然是在沉眠，應該總有一天會清醒才是。）

實際上，企圖讓世界重整的人們都渴望著這東西的覺醒吧。然而，突然有聲音從旁否定了櫂人的不安。

『放心吧，不會有那種事的。』

櫂人望向聲音的主人。披著貴族風外套，打著領結的男人在空中優雅地蹺著腳。那是【皇帝】的前任契約者，伊莉莎白的養父弗拉德·雷·法紐——正確地說是其靈魂的複製品。他浮現甚至可以稱之為美麗的微笑。

『至於為何嘛，因為這東西還跟主人有著契約關係呢。』

現在的他只是幻影，不受重力束縛。弗拉德輕飄飄地飛著，而且偏偏在惡魔搖籃的上方滯留。伊莎貝拉微微發出制止聲。

「等等，等一下等一下，這樣很危險。不能再靠近了。」

『真是的，身為聖騎士團長的人類居然這麼膽小。處女果然懦弱，哎，不過這也是耐人尋味的反應就是了。』

「話說在前頭，你啊，剛才的發言可是性騷擾喔。」

『嗯，所謂的【性騷擾】是什麼呢，【吾之後繼者（My Dear）】？在這個世界裡沒有符合此意的語言呢。』

弗拉德一派悠然，將櫂人冷冰冰的指正輕輕帶過。弗拉德再次從近距離探頭望向普通人類光是看見就會發狂般的存在。把手放到搖籃邊緣後，他甘美地低喃。

『現世之際，高位惡魔會參考自身的召喚者，藉此擁有語言與自我。得到自我的結果，就像這個【皇帝】一樣，多數都會忤逆不成熟的主人……然而，這東西的主人相當優秀呢。教會雖然在這個房間加上了奇妙的機關，不過無論有沒有痛苦的撫慰，這東西都是不會清醒的吧。因為它接受到的命令，幾乎擁有近乎於詛咒的效力呢。』

聽弗拉德如此說道後，櫂人大感驚愕。他茫然地環視四周。

被埋進牆面的人們，因激烈痛楚而不斷叫喊。然而，或許是聲帶被奪走了，他們的悲鳴聲沒有傳向這裡，只有淚水與口水不斷溢出。腹部慘遭撕裂，吊在天花板上的人們也處於同樣的狀態。在此地，活人不斷將痛苦奉獻給惡魔撫慰著祂。

然而，弗拉德卻斷言這是無意義之舉。

「意思是教會刻意製造出來的這個犧牲的房間……根本就沒有必要嗎？」

『嗯，正是如此，吾之後繼者（My Dear）。因為自古以來，弱者有時會因為畏懼，而將無人渴望的供品獻給強者呢……雖然對活祭品而言，這種不划算的行為很過分就是了。』

弗拉德發出輕笑。櫂人握緊拳頭。在這段期間內，惡魔仍持續發出安祥的鼻息聲。那副模樣簡直像是不知憂愁、對所有事物都感到滿足的嬰兒。

那張睡臉擁有難以形容的醜惡感。弗拉德將臉龐湊向那兒，這次他發出諷刺的笑聲。

『哈，就算主人再怎麼優秀，擁有破壞世界之力的存在像這樣現世，卻因為主人之令而一味沉眠，這真是前所未聞啊……雖然我也是活在這世上的人就是了。』

「不，你徹徹底底地被燒光，而且死掉了喔。因為是余宰掉你的啊。」

『哦哦，是呢。不是被別人，而是被愛女燒死的。哈哈哈哈，不，這不是好笑的事……不過，哎，我至今仍像這樣實際存在著。所以，世界被破壞掉我會很困擾的。即使如此，讓這個惡魔一直保持沉眠，身為魔術師我覺得很浪費呢。不過只要契約者沒下新的指令，這東西就絕對不會清醒吧。』

聽到弗拉德的斷言後，小雛微微瞇起寶石製的翠綠眼眸。她一邊站在櫂人身邊，一邊緊緊握起疊在女傭服胸口的手掌。

「————……契約者。」

看到小雛不安的模樣，櫂人將身軀朝她靠近一步。讓視線交會後，兩人點點頭。

關於契約者的真實身分，貞德也已經告知櫂人他們了。

由教會倡俸的「受難聖女」。

（她正是初始惡魔的契約者。）

長久以來受到歌頌、由聖女重整世界的傳說，裡面有著被隱藏起來的真相。

被稱之為聖女之前，她先跟最高位的惡魔訂下契約。其目的不明。然而她沒能徹底控制惡魔，因此毀壞了世界。在懊悔之後，她呼喚神締結契約，重整了世界。然而，她無法承受同時跟惡魔還有神締結契約，因此連死亡都做不到就這樣陷入沉眠——在那之後，真相與漫長的時光一同扭曲，人們只將眼光放在「將神明寄宿於神，重整世界的救世主」這一點上面，將她視為「受難聖女」崇拜著。

（命令之所以對「初始惡魔」有著穩固的效力，也是因為得到神的助力吧。）

櫂人如此思考。同時，他心中也湧上一抹疑惑。應該只有聖女能讓初始惡魔覺醒才對。就算是企圖讓世界重整的人們，也不可能喚醒這東西吧。然而，擁有這個權利的少女，至今依舊沉眠於某處。

（——————永遠安眠……是嗎？）

死與沉眠是不同的。與惡魔相異，就算只是普通人類或許也有可能喚醒聖女。只要得到她，教會就會殷切地期盼重整的奇蹟吧。這件事非阻止不可。

然而，她究竟在哪裡呢？

「欸，聖女的所在地有線索嗎？她還沒有死掉吧。既然如此，我們應該有必要早教會一步得到聖女才行。」

「你(Mister)難得提出合乎情理的詢問呢。我就做出回答吧。聖女的所在地，別說是吾等或是教會，任何一個人類都無法掌握。特別是教會，他們至今為止都執拗地追尋著她。然而在遠征與探索之後，結果只得到幾樣聖遺物而已。【換句話說就是破銅爛鐵！】其他魔術師與信者也以同樣的結果告終。」

「原來如此……太好了。既然如此，想引發什麼世界重整也沒轍了呢。因為如果沒有聖女，惡魔就不會清醒。就算祈求神重整也不可能吧？」

櫂人感到放心而撫了胸。在那瞬間，貞德面無表情就這樣靈巧地露出像是看見智障的眼神。伊莉莎白也深深嘆氣。

自己說了什麼傻話嗎——櫂人歪頭露出困惑表情。然而，就算他試著反芻說出口的內容，也找不到矛盾之處。貞德有如在說「不明白嗎？」似的，聳了聳裸露而出的肩膀。

「你（Mister）依然是悠哉的愚者（The Fool）呢。教會本來就是因為盲目地信仰聖女，所以才會渴望世界重整。重整派知道初始惡魔的存在，卻仍是持續信奉聖女是『大慈大悲之人』。因此就算用其他方式進行破壞，聖女也會自然而然地降臨至荒廢的世上完成重整。惡魔只不過是一個手段……他們是這樣思考的喔。當然，如果能掌握聖女，讓奇蹟在眼前進行的話，就是最好的結果。」

「可、可是，光靠人類之手有辦法完成如此大規模的破壞嗎？」

「輕輕鬆鬆呀。特別是現在，教會可是處於可以無限取得『君主』肉塊的狀態。」

伊莉莎白淡淡地回應櫂人的疑問。她毫不迷惘地發表殘酷的假設。

「舉例來說，是啊……將異貌化到極限的罪人們，大量送去獸人與亞人的領地就行了。戰爭會發生，森林會燒燬，土地會荒蕪。有的是方法。你畢竟有那種前世，所以應該明白人類的殘暴性吧，破壞的方式要多少有多少。」

「教會……教會應該不會做出如此偏離正道的舉動吧！」

伊莎貝拉突然大吼。櫂人等人望向她，他不由得在視線中混雜了悲憫。伊莎貝拉身為聖騎士之證的鎧甲曾經散發著銀色光輝。然而，如今卻被剛才打倒、由最高司祭之一「守墓人」創造的怪物鮮血染髒成黑色。

諷刺的是，她自己的模樣替剛才的吼叫做出了回應。即使如此，伊莎貝拉仍是開口訴說：

「的確，討伐十四惡魔後，教會內部有一部分出現可疑的舉動。就算在聖騎士之中也是如此。關於此地的異常性，以及被隱匿的真相我也確實地理解了。不過，多數司祭真的仍是善良又值得尊敬的人們。為何你們不相信他們的善意與尊嚴呢？對我們騎士們來說，也絕對不允許這種暴虐之舉！」

伊莎貝拉一邊肯定潛藏在教會內部的扭曲，一邊接著說道。那道聲音裡帶著拚命懇求的感覺。然而，貞德卻將有如注視任性幼童般的視線望向她。

「妳(Lady)可以安靜一下嗎？【本是一丘之貉，自然知道他們的想法！就算妳或是部分人士感到厭惡，大局就會有所改變嗎！】所謂的組織就是長長的蜈蚣。身體只是連自身行為都無法掌握，就這樣配合頭部跟著走而已。為了遵守名為步調的秩序，人會捏扁個人的善意與尊嚴。用好聽的說法就是證明忠誠心，用難聽的說法就是為了守護世界，放棄自我判斷的做法有時也會派上用場吧，然而，這次的做法太笨了。【是爛到不能再爛的糟糕透頂】。」

「可、可是……」

「哥多．德歐斯的死就是轉捩點呢……在頭部附近能阻止失控的人一旦不在，事態就會輕易地往最惡劣的方向轉變，與個人的思想毫無關係。」

伊莎貝拉吞下反駁。關於在各個成員沒有掌握的情況下走樣的組織，她也想到了一些徵兆吧。伊莎貝拉就這樣緊咬唇瓣。

貞德反倒是用說服般的口吻重複說道：

「為了親眼目睹奇蹟，有的牧羊人也會開心地飛身躍進火山口——在那個牧羊人身後，也會有許多盲目的羊兒們跟隨吧。直到處於致命性的狀況下，人才會這樣說：『為什麼事情會變成這樣呢』，而且還是異口同聲呢。」

伊莎貝拉沒有回應，她完全選擇了沉默。然而，她並沒有放棄，其側臉認真地思考著某件事。櫂人覺得這種鑽牛角尖的方式會讓人擔心，所以打算向她搭話。

「欸，伊莎貝拉。」

「因此，我們必須在事態變成不可能干涉前得到聖女。」

貞德毫不在乎伊莎貝拉的苦惱，繼續如此說道。櫂人也暫時閉上了嘴。

此時此刻，最重要的課題就是明確地決定今後的方針。

「因為如果事態發展成種族間的鬥爭，要將之平息這件事本身就會變成不可能的事情了。【在那前方可是地獄吶！區區數人哪有辦法搞定啊！】」

「不過，妳也沒有聖女的情報吧，究竟想要怎麼做呢？」

「嗯。不過，其實也不是毫無線索。」

伊莉莎白如此問道後，貞德做出意外的回答。櫂人皺起眉心。

這就表示，有人知道打從創世後就失蹤的少女去向嗎？

「有個人可能知道她在哪裡……雖然老實說我不知道是否可以把那個人算在內，不過他是存在的。至今為止我也在找尋他。揭露這座地下陵寢的一切後，那個懷疑終於變成了確信呢。」

貞德弄響手腕上的鎖鍊伸出單臂，她指向解開結界後通過的牆壁。如今，那兒有如門扉般呈現開啟狀態停止著。身披破布的使徒與聖女一同以高超技藝被雕刻在其表面上。

眺望熟悉的身影後，櫂人繃緊牙關似的低喃。

「…………『肉販』嗎？」

「這也是我要請你們（Lovers）協助的理由之一。初始五大商人公會的創立者之一，只要是從事買賣的人任誰都曉得，過去的憧憬，傳說中的商人。而且，也是聖女的使徒。然而，近年卻變得只有在兩位身邊才能目擊到他。」

櫂人不由得垂下眼簾。關於此事，他還沒能整理好心情，站在旁邊的小雛也一樣。曾數次伸出援手的「肉販」居然是敵人，他們無論如何都不想這樣思考。然而，根據伊莉莎白所言，他曾表明自己雖然不是某個人的敵人，卻是活在世上的所有人之敵。

而且，「肉販」也說過一件事。

『反正結果是不會改變的。故事以十四悲劇起始，應該要迎接最惡劣的最後一幕才對，我根本連想都沒想過會有人反抗。愚鈍的隨從大人也是如此。就整體而言您的故事雖小，但或許會產生很重要的影響……在這之後，世界會如何演變還是未知數喔。』

（述說這種事情的傢伙，真的是世界之敵嗎？）

權人不由得如此煩惱。對於渴望世界終結的人來說，這番話語感覺起來實在很不適合。然而，他卻暫時吞下湧上胸口的疑問，開口如此詢問。

「現在『肉販』在哪裡？」

這個提問讓伊莉莎白雙手環胸。她用嚴肅的口吻答道：

「要找那傢伙的話，在余之城堡的『吊籠（Gibbet）』裡面喔。」

「的、的確，在路上有聽妳說抓到他呢。不過，妳該不會就這樣一直把他關在裡面吧？」

「是這樣沒錯就是了。余無法解放自稱是敵人的人，這是理所當然的待遇喔。」

「嗯，這樣啊。」

除此之外還有綁起來之類的方法不是嗎——權人感到煩惱。然而，對手確實是神出鬼沒的「肉販」，所以會行雲流水地逃出簡單的束縛吧。

像這樣接受這件事後，他從她身上錯開視線。權人再次重新望向初始惡魔。

（不管這東西要清醒，或是一直睡下去都無所謂是嗎？無論是用何種方式，都不能讓他們破壞世界……咦，等一下喔。）

既然如此，就算找到聖女，教會的失控也不會停止不是嗎？還是要拜託她說服那些狂信者們呢。事情會順利地進行嗎——如此心想後，櫂人開口詢問貞德。

「欸，找到聖女後，妳究竟想要怎麼做？」

「【當然是宰掉她啊。】」

櫂人不由得無言。他愕然地瞪大眼睛。櫂人沒料想到要殺害聖女。貞德微微地扭曲唇瓣，她有如要將這種天真想法一腳踢開似的接著說道：

「究竟是在吃驚什麼呢？只要殺害契約者，惡魔自然無法現界然後消失。寄宿在聖女身上的神亦然。如此一來，兩者就會變回人類無法傳達其要求的存在。而且，只要拿出聖女的腦袋，敵人也會理解吧。就像『已經喪失奇蹟了』或是『就算完成破壞，重整也不會發生』這樣。」

「不過，就算用不著殺掉也……只要請她說服信徒——」

「哎呀，意思是要懇求有著破壞世界這個前科的女人嗎？該不會到此時此刻都還不明白吧，愚昧的你（倒吊男）。這回吾等可是要無可挑剔地成為世界公敵，然後走上任誰也不會讚賞的荊棘之道呢。」

貞德無言地搖搖頭，蜜色的豐盈秀髮輕盈地擴散。

她面無表情，就這樣用扭曲的形狀瞪大薔薇色眼眸如此斷言。

「吾等所謂的救世是屠魔，是弒神——亦是殺人。」

＊＊＊

沉重的沉默落至昏暗的地下陵寢。

櫂人依舊沒做出回應，小雛輕輕地將掌心放上他的手臂。【皇帝】用像極了人類的聲音低聲嗤笑。伊莉莎白輕搔自身的黑髮，覺得很麻煩地發出聲音。

「啊……聖女在現世之身寄宿了神，究竟是否殺得了她，還無法預測到這個地步就是了。不先確認實物的話，不管怎麼做都只是徒勞。務必給余先做好覺悟。」

「嗯，沒問題。不用說我也知道的。」

「這樣呀，那就好。」

「不過，謝謝。」

「哈，謝啥啊。」

櫂人如此道謝後，伊莉莎白哼笑一聲。即使如此，他還是點頭回應。雖然因為貞德的宣言而受到衝擊，不過其實櫂人已經不苦惱了。至今為止，他見過跟山一樣高的淒慘屍體。而且以瑪麗安奴為首，他也殺掉了許多對手。

　事到如今，他完全沒理由只拘泥於讓聖女活下去。

（而且，如果實際跟她見面，在這裡做出的結論也有可能會改變……總之，跟「肉販」對話是現在的先決要件。）

「那麼，各位對今後的方針似乎也沒有異議，差不多該動身了。【意思就是要沒完沒了地走回頭路，雖然不有趣但也沒轍呢】。結界雖然破除完了，但建築物本身卻是採用封鎖移動陣的規格。要前往拷問姬居住的城堡，就得先走到外面去才行。」

貞德用跳舞般的步伐離開小孩房。仍然被「機械神(Deus ex machina)」抱著的伊莎貝拉、不悅地發出冷哼聲的【皇帝】、弗拉德、以及伊莉莎白跟在她身後。

　櫂人也帶著小雛邁出步伐。然而，他卻在入口附近尖銳地弄響皮鞋靴底停下步伐。搖曳著狀似軍服的長上衣下襬，櫂人回頭望向後方。

　櫂人從正面銳利地盯視扭曲的小孩房，就這樣朝背後搭話。

「欸，弗拉德。跟你剛才說的一樣，就算這個房間沒有低級的機關……也就是痛苦的撫慰，『初始惡魔』也不會清醒吧？」

『嗯，正是如此，【吾之後繼者(My Dear)】。此地是人類過度畏懼才造出來，既無意義又滑稽的一個房間……因此，我大致上能預測你在思考的事情。』

「明白卻不阻止嗎？」

『哪兒的事！這確實只是基於無聊慈悲的偽善行為！然而，這也是為了讓你的器量更接近吾之後繼的一步——畢竟，你所思考之事，就是行使特權這種只有強者才被允許的行為！偽善導致傲慢，會成為能產生所有暴政與施虐的元素！盡情蹂躪吧！』

「原來如此……既然你是這種態度，我倒是省事了。」

櫂人冷淡地點點頭，他朝房間外面瞄了一眼。

弗拉德誇張地展開雙臂。在不知不覺間，貞德她們也停下腳步。在視野邊緣，伊莉莎白有如在說「蠢蛋」似的聳聳肩。然而，櫂人是知道的。

（反正就算我沒停下腳步，妳也會找個理由做這件事吧？）

只有小雛手足無措地困惑著，她來回望著小孩房跟櫂人。不久後，小雛繃緊臉龐下定決心。她緊握槍斧（Halberd），走到他前方。

「櫂人大人，心愛的您的想法，我小雛也有所察覺。您是比任何人都還要大慈大悲，溫柔的人……正是因為如此，您應該會感到難受才是。這裡就由我——」

「不，這不是推給妻子去做的事，由我來做……非做不可。」

櫂人回絕了溫柔的提議。他輕拍撫摸快哭出來的小雛的頭，讓她退向後方。等小雛遠去後，櫂人吸入空氣，將單臂伸至頭頂。

他啪的一聲彈響手指。

六片刀刃憑空出現，以搖籃為中心有如開花似的展開。發出銳利光輝的刀刃飛向天花板跟牆壁。在緊貼到詭異的位置停下後，等待主人的信號。

宛如要說給自己聽似的，櫂人低聲喃道：

「這正是適合人類公敵去做的工作。」

然後，他再次彈響手指。

「————殺光吧。」

在那瞬間，利刃用斷頭台滑落般的速度飛出，六片刀刃割裂天花板與牆壁。也就是說，也切斷了被固定在那兒的活祭品們。

他們被下了不死的詛咒。然而，那個詛咒所擁有的效果，並未強到足以應付灌注魔力的攻擊。被維持在瀕死狀態的生命瞬間被截斷。

不成聲的痛苦叫喊陸續潰散。

即使如此，殺戮仍徹底地進行著。

血花朝四面八方飛濺，室內被濺濕為淒慘的紅色。那副模樣就像有六頭野獸以惡魔沉眠的搖籃為中心，凶猛地揮舞利牙。而且，牆壁跟天花板持續不斷被斬斷的聲音，聽起來就像在演奏樂器似的。櫂人宛如指揮者般，時而激烈、時而纖細地揮動穿著黑衣的手臂。身為演奏者的利刃們聽從他的指揮，不斷演奏著斬斷聲。

這段時間感覺起來就像是會永遠持續。然而，不管是怎樣的演奏都有終點。

十多秒後，櫂人大大地揮起手臂，然後突然靜止。

刀刃一齊消失，四周充斥著寂靜，只有血滴落的聲音微微響著。

狀似小孩房的室內，如今已被糟蹋。地板上散落著肉片與內臟，進入視野之物全是赤紅色彩。空氣腥臭又有鐵鏽味，濃密地充滿在房內。

在殘酷光景之中，初始惡魔依舊靜靜地熟睡著。從那東西上面錯開目光後，櫂人凝視腳邊的血潮。他沉穩地對龐大的紅色低喃：

「——晚安，祝好夢。」

就某種意義而論，這是帶有狂意的一句話。然而，這卻是櫂人打從心底說出的話語。

至於理由嘛，因為才剛踏入房間，他就一直聽到某個叫喊。那是只有經歷過強烈痛苦折磨的人才能感受到的、既悲痛又鮮明的訴求。

殺了我。

讓我解脫吧。

被利用來撫慰惡魔的人們，老早以前就因激痛而精神失常。然而，即使如此他們仍是拚命地懇求。而且，如今已經聽不見令人痛心的叫聲了。

櫂人用充滿慈愛的悲傷表情環視室內。他從頭到尾見證了所有人的死亡，這個房間裡已經沒有活著的活祭品了。確認這個事實後，櫂人忽然變回嚴肅面容。

「皇帝」的契約者冷冷地消去表情轉過身軀，獨自一人邁出步伐。

小雛慌張地走回小孩房內。她拎起女傭服的裙角。小雛朝被遺留下來的慘狀深深地鞠躬。有如祈禱般閉上眼睛後，小跑步地衝回伴侶身邊。小雛依偎著櫂人，緊緊握住他的手。他仍是望著前方，就像什麼事都沒發生。然而，妻子的手指卻緊緊回握纏上手指。

櫂人的手——雖然真的只有一點點——正在顫抖。

貞德·德·雷

既是聖女也是賤貨，還自稱是「拷問姬」的少女。是救世少女？

Fremdtorturchen

2 少女的選擇

地下陵寢的六樓以下，在公開紀錄上是不存在的空間。

在那之後的空間被誇張的結界堵住，造就出異樣的變形。然而，沒完沒了地爬上樓梯回到五樓後，陵寢變回了跟原本一樣既安穩又神聖的場所。

櫂人他們走在寬敞的道路上，側面是一間間獨立蓋起來的歷代王族墓室。就算最深處的存在遭到揭露，在地下一樓的眾王仍然靜靜地沉眠著。

斜眼瞄向墓室各自的豪奢裝飾後，櫂人開口詢問貞德。

「至今為止，眾王誰也不曉得『初始惡魔』這件事嗎？」

「這個嘛，天曉得？可能因王與每代教會之間的連結與信賴關係而異。舉例來說，被歌詠為『信仰王』的第三代王，就很有可能被告知此事吧。因為在他那一代，【守墓人】被賜予獨自的權限，待遇也很優厚。【意思就是每個傢伙都很瘋狂吶！】」

「原來如此，也有王就算知情也還是支持嗎？狂信這東西真是讓人搞不懂呢。」

櫂人望向看起來像是第三代王的墓室。與其他王族墓室相比蓋得很樸素，甚至沒有花飾。是因為他是長於武力與爭戰的王嗎？石棺被粗獷鎧甲們圍繞著。吊在正上方天花板處的聖女像，被當成了唯一美麗的裝飾物。

或許是因為不斷爭戰之故，王才會從信仰與庇佑中尋求救贖吧。他就這樣被她持續守護著。在棺蓋上方，甚至用紅寶石重現了聖女的淚痕。

（原來如此，這確實是糟透了的鬧劇。）

櫂人口無遮攔地否定王死後依然執著的事物。然而，他並沒有把這個想法說出口，而是將它收在自己心中。相對地，櫂人繼續詢問其他事。

「那現在的王又是如何？」

「這個嘛，由於先王早駕崩之故，這一代的王年紀還很輕。恐怕什麼都沒被告知吧。他要是被告知此事，只怕會馬上暈過去喔。」

這次是伊莉莎白回答了櫂人的問題，貞德把話接了下去。

「他把應付惡魔之事全權交給教會處理，甚至幾乎不曾自己動用過軍隊。因此王國騎士也總是聽從聖騎士的指示。對教會而言這雖是掌握強權的機會，但哥多・德歐斯卻不曾以武力為後盾干涉內政。【那個老頭雖然讓人不爽，卻極其正派呢】，但在不知不覺間，王的身邊卻固若金湯地安排了捐獻超過一定程度金額給教會的『虔誠』之人。事到如今，就算王得知初始惡魔這件事又能怎樣呢？」

兩名拷問姬視線交會聳聳肩，波浪狀金髮與筆直黑髮搖了搖。

櫂人嘆了氣。他幾乎不知道現任國王的事，然而就他所聞判斷，似乎不像獸人第二皇女薇雅媞・烏拉・荷斯托拉斯特那樣，有著在窮途末路時可以依靠的器量。

（人類這一方的權貴之中沒有理解者，這一點很嚴苛啊。）

櫂人不由自主如此沉思。他沉默下來後，周圍自然而然回到沉重的靜寂中。

櫂人他們接近入口的樓梯。他覺得那兒好像傳來一些聲音，所以抬起臉龐。地上的聲音似乎開始傳向這邊，有人衝下樓梯，撞上厚實牆壁發出回音。

（是某人發出指示的聲音，還有鎧甲跟刀刃的金屬聲，以及複數的腳步聲。）

聲音複雜地交纏在一起，櫂人仔細地拉長耳朵注意聆聽。結果，他不由自主地皺起眉心。

「看樣子外面似乎……聚集了不少人。」

「這是理所當然的事吧。余與伊莎貝拉，本來就是受教會之令前來殺掉你的喔。不過在進入地下陵寢前，余毀了雅．流德爾的通訊裝置，還把聖騎士們留在原地。如果沒有因為這樣而叫來個一兩支援軍，反而會很有趣呢。」

「……這樣說也是呢。」

櫂人一邊因伊莉莎白而感到愕然，一邊回想數刻前的戰鬥。在地下陵寢前，他與伊莉莎白一對一單挑。然而，忘我地打成一團時，他根本沒預料到事態會變成這樣。畢竟如今連自己對世界的認知都完全改變了。

（一切都變化得太急促了吧。）

櫂人再次不由自主露出望向遠方的表情。在他前方，伊莉莎白接著說道：

「在探索陵墓時，吾等之所以沒遭受襲擊，就是因為聖騎士被下達嚴令不准進入此地吧。知道真相的人愈少愈好喔。正是因為如此，重整派應該會想在吾等走出外面時加以擊潰才是……這裡有個問題。」

「問題？」

「嗯，對手是教會。」

「這個究竟怎樣了嗎？」

「果然忘記了啊，你這蠢貨。余可是被教會上了枷鎖喔。」

啊——櫂人傻氣地張大嘴巴。經她這麼一說，確實正是如此。

作為贖罪的機會，伊莉莎白受命討伐十四惡魔。然而，她是稀世的大罪人。為了不讓她背叛，教會在她體內嵌入只要司祭詠唱聖句就會發動的枷鎖。

以教會為對手時，伊莉莎白無法好好地反抗。然而，貞德卻搖了搖頭。

「關於此事，應該不成問題。這裡是王都，重整派也無法派出異貌化的聖騎士。就算想要利用聖人，也需要時間發出許可證。也就是說，他們如今的戰力，比原本的實力還要顯著地低落。小嘍囉再多也只是小嘍囉。我用『機械神（Deus ex machina）』將他們一掃而盡後，就展開移動陣。【我習慣踩平鼠輩了】，就算交給我也無妨喔。」

「原來如此，真是可靠。這樣做余無異議。」

伊莉莎白點頭同意貞德的提議，櫂人也撫胸鬆了一口氣。

貞德驅使的「機械神（Deus ex machina）」，是超越「皇帝」契約者櫂人與機械人偶小雛的堅強戰力。只是要爭取足以讓移動陣發揮效用的時間，應該是輕而易舉之事吧。然而就算表示贊同，櫂人仍不忘記加上忠告。

「請不要殺掉聖騎士……他們只是貫徹自己相信的正義而已。」

「就現況而論，這正是愚昧至極的行為就是了呢。【停止思考是罪，無知是錯。羊就只是整隻被抓去燒烤罷了。】然而，考量到之後的事，無益的殺傷確實也是壞棋，而且處女少女（My Lady）也不會允許吧……嗯，我可不想讓她在這裡鬧彆扭。」

貞德意外順從地點頭同意。在她後方，伊莎貝拉呼的一聲吐出氣息放鬆下來。看樣子她似乎正準備要大聲怒喝，一個搞不好就會演變成爭執吧。

沒有鬧出風波真是太好了——櫂人也安了心。確定方針後，他們接近入口。樓梯前方的石板鋪面因外面射入的光線散發光輝。在那邊停下腳步後，櫂人對走在前頭的貞德搭話。

「等一下。派出『機械神（Deus ex machina）』之前，先用人眼確認比較好吧。來自遠方的攻擊可以用刀刃防禦，這裡讓我來吧。」

「……哎，也是呢。雖然你（Mister）的人偶露出不安的表情，不過應該是適任的吧。【話說，你也只有這種時候才派得上場呢。】那麼，你先請吧。」

雖然稍微被看扁了，櫂人仍是先行一步走上樓梯。

或許是因為素材不同，入口附近的階梯在王都遇襲時，因惡魔的攻擊而融化。為了不掉下去，櫂人慎重地飛越那道奈落深淵。他輕輕從入口處探出臉龐。

「嘿咻……原來如此，有大量人馬。」

在灰色大地上，白銀大軍有如西洋棋的棋子般規規矩矩地排列著。在他們旁邊，也有從頭到尾披著緋紅色衣服的陌生人群。掩去臉龐的模樣就像是處刑人似的。

（這群傢伙散發著一股討厭的感覺吶……嗯？）

就在此時，櫂人有種不對勁的感覺。地下陵寢確實被密不透風地包圍著。然而，跟敵人之間的距離卻遠得不自然。櫂人探索那個原因，不由自主地皺起眉心。

在全軍前方，站著一名有著異樣風貌的男人。

（──那是啥啊？）

他的體格很結實，就算從遠方看也能認出他是男人。肩膀很寬，身材也頗高。即使如此，男人身穿的白衣下襬仍然觸及地面。如同鐵絲般又粗又直的黑髮也流曳至腳邊，可以說整體上看起來都有著異樣的風貌。然而，這其中最顯眼的地方就是，他被粗大鎖鍊綁成擁抱自己的姿勢吧。

那副模樣不由分說地令人聯想到被拘束帶捆住的、某個聖人的模樣。

（呃，咦？總覺得有點像拉．謬爾茲耶？）

就在櫂人如此思考之際，束縛男人的鎖鍊啪啦一聲，毫無前兆地解開上半身。他緩緩展開手臂，看到裡面的東西後，櫂人感到恐懼感竄過全身。

「——————唔！」

男人的胸部連同衣服一起被切開。紅色肌肉被削去，白色肋骨裸露而出。明明是這樣才對，不知為何血液卻沒有溢出。本來應該被守護在肋骨內側的心臟與肺部等器官也消失了。取而代之的是大量塞滿在內部、有著白色羽毛的生物。

遲了一拍後，耀人理解一事。男人用肋骨代替鳥籠。

「——————飛吧！」

受到本能的恐懼所驅使，耀人彈響手指。刀刃朝男人飛去，男人的胸部同時啪的一聲亮起白光，然後炸裂。兩者正面激烈衝突，刀刃雖然擋住光線，卻有如吹糖工藝品似的融化蒸發。耀人發出第二擊。然而，令人難以置信的是男人那邊快了一步。他釋出比先前還要耀眼的光芒。就算吞噬刀刃，滙聚在一起的白色也沒有停止。

耀人驚愕地瞪大眼睛，光芒逼近他眼前。

滋的一聲，討厭的聲音響起。

陵寢入口就這樣被白光燒灼。

＊＊＊

「耀人大人，危險！」

「————咦？」

一切都是發生在一瞬間的事。

在光芒命中前，櫂人被抓住衣領向後拖。他向後倒向小雛的胸部。抱緊櫂人後，她飛越階梯被熔掉的一部分奈落深淵，接著蹲下。

白光在頭頂炸裂，爆炸聲轟響。

櫂人抬起臉龐。定睛一望，只見在陵寢入口奇蹟般地殘留下來的金屬製裝飾被熔成紅色掉落了。如果小雛的行動稍有遲緩，他就當場死亡了吧。

「謝、謝謝，小雛……唔，不管是威力還是其他地方都判斷錯誤了。」

「櫂人大人……太好了，您平安無事。真的是……好驚險。」

小雛輕輕坐在地上，就這樣緊緊擁住櫂人。

就是因為耐得住惡魔侵略，因此階梯從中斷之後仍是不動如山。看樣子建築物本身似乎具備強大的耐魔法效果。然而，砲擊沒有要中止的感覺。

如此一來就不能輕率地走去外面了。貞德眨了眨薔薇色眼眸。

「…………原來如此，這倒是意料之外。」

「啊，頭痛了呢。這究竟是怎麼一回事？居然省略諸般手續使用聖人，連宣告都沒有就讓召喚獸進行砲擊，是瘋了嗎？不，等一下……是了！」

伊莉莎白露出理解的模樣發出咂舌聲，她懊悔地發出聲音。

「拉・謬爾茲一死亡，就作為王都防衛策略之一申請好新的許可證嗎！可惡，看漏了！」

「嗯嗯，恐怕這個推測無誤。當時得到的許可證，可能到了現在才用。只要有為了確實地殺掉『皇帝』，終止與惡魔之間的戰爭這個理由，就能相對簡單地挪用吧……而且這道光是——」

伊莎貝拉回應伊莉莎白的話語。她仍是被「機械神（Deus ex machina）」抱著，就這樣用認真的模樣觀察炸裂的白光。櫂人也仿效伊莎貝拉。

仔細一看，光芒是由雲雀般的小生物群構成的。那是聖人所使用的神聖生物吧。雖然威力大不如拉・謬爾茲的鳥，卻有可能進行連射。

真是的——貞德搖搖頭。

「因為就重整派的角度而論，末日迫在眉睫了呢。就算多少有些亂來，也能厚臉皮地做到底嗎？就像【結束了，結束了，世界結束了！大家一起狂舞，認命吧！這樣】」

「嗯，我覺得破壞通訊裝置果然是最糟糕的地方呢。」

櫂人如此沉吟，他遙想雅・流德爾的通訊裝置。

伊莉莎白毫不留情刺穿的裝置有著豪華到沒必要的規格。雖不知雅・流德爾在教會內部的地位，卻能料想他的自尊心比山還要高。

他肯定是因為憤怒，以現在進行式加強著對櫂人他們的敵意。只不過，如今就算推測對方的想法也沒意義。

（慘了……不走到地下陵寢外面，就無法發動移動陣。）

櫂人皺起眉。砲擊沒有要停歇的跡象，伊莉莎白不悅地發出咂舌聲。

「嘖，沒有空檔呢。怎麼辦，要派出『機械神』嗎？它動作很快，而且又硬。不過，會被削去不少吧。而且在發動移動陣時，必須得先分解『機械神』才行嗎……萬一還有第二個聖人待命的話就麻煩了。要由余發動移動陣也是可以……不過如果他們途中發動枷鎖，要維持移動陣會很嚴苛。」

「嗯，這樣確實困擾。如果能請求『皇帝』協助，那就會輕鬆許多呢……【畢竟這隻狗只有自尊心高到扯呢！】」

『嗯？區區人類是在說什麼呢？看起來似乎非常想被咬殺。』

「別在這裡起爭執了，讓我來吧。」

凜然聲音勸諫全場，所有人將視線集中至發言者身上。是仍然被「機械神」抱著的伊莎貝拉，而且她還古板地舉直單臂。

貞德啪嚓啪嚓地眨眼，數秒後她脖子一歪將頭傾向旁邊。

「那麼，妳(Lady)是笨蛋嗎？」

「嗯，我也這樣想。不過，我恐怕比妳想得還要有用喔……嘿咻，來，放開我！」

伊莎貝拉微微一笑同時將諷刺一筆帶過，然後扭動身軀。她勉強從「機械神」的手臂中掙脫。以充滿彈性的動作飛降至地板上後，伊莎貝拉呼的一聲吐出氣息。

她朝在上方持續炸裂的光芒瞇起紫與藍的雙眸。

「我記得這召喚獸是哪位大人使用的……是【纖細的養鳥人】拉．克里斯托夫。我曾有數次受賜機會得以參見他……是位心志很堅強的大人。正式為為聖人後，還是能認得出我，也給予我許多建言。」

「這還真是……厲害呢。」

伊莎貝拉如此說道後，櫂人率直地表示驚嘆。畢竟同樣是聖人的拉．謬爾茲如同野獸般失去了正常的精神與人性。如此一想——雖然或許只是因為與神之間的連結不如她——可以說拉．克里斯托夫是一個擁有驚異精神力的人。

同時，櫂人也再次對教會正大光明持續保有聖人的這種扭曲感到痛心。

（這次的事態只是長久深入著的裂縫，終於變大裂開的結果吧。）

該來的時候到了。硬殼裂開，孕育茁壯的駭人之物從裡面現身。

就只是這樣子而已吧。櫂人不祥地如此夢想時，伊莎貝拉的提議仍然持續著。

「而且拉．克里斯托夫大人被認定為聖人後，仍是深愛著人民。世界重整這件事他不可能知曉。雖然有必要防禦兩三次砲擊，不過我試著主動呼喚看看吧，說不定他肯停下。」

伊莎貝拉認真地如此訴說，然而伊莉莎白卻將雙手抱在胸口搖搖頭。

「居然會期待正在砲擊的聖人精神正常啊……這可不是可能性很低這種程度的事喔。」

「如果因此被殺，就表示我至今為止的努力，只是不值得他記住的事物罷了。我會放棄的。雖然抱歉，不過到時候請你們立刻採用其他方法。」

伊莎貝拉沉穩地接著說道。她語氣流暢、極其冷靜的話語傳向這邊，櫂人不由得毛骨悚然。伊莎貝拉的聲音實在太不迷惘了。

「不行，伊莎貝拉！」

「啊……櫂人大人。」

櫂人連忙從小雛懷中起身，他重新轉向伊莉莎白。

櫂人牢牢地凝視有如寶石般的二色雙眸。

「別這樣，伊莎貝拉！重點不是聖人是否認得出妳！而是之後會變成怎樣。就算成功好了，妳也已經無法回歸教會了。不，不能回去。怎麼可以讓妳去進行不管成功或是失敗都會死的作戰計畫啊！」

櫂人如此吼道。伊莎貝拉依舊沉默，櫂人握緊拳頭。

可能性雖低，但砲擊或許會因為伊莎貝拉的呼喚而停止。然而，如果要趁那個空檔發動移動陣，就有必要棄她而去。如果連伊莎貝拉都露出想要逃亡的氣息，聖人就會立即重新展開砲擊吧。

伊莎貝拉原本就是教會的人，也是聖騎士團團長。然而，就算像她這種身分地位的人，回到如今的教會也不會平安無事。現狀早已不能說是正常了。

教會就是像這樣被惡意之根深深侵犯著。組織內部的一切都瘋狂至極。

「就算表面上是被貞德強行帶走，妳也已經進入地下陵寢了。就算主張自己什麼都沒看見，也不會得到認可吧。特別是『守墓人』不可能會容許此事。」

櫂人想起設置在地下陵寢最深處的扭曲小孩房。它前方還配置著異樣怪物，牠擁有白貓頭鷹頭部，以及由大量觸手形成的身軀。那是讓神聖召喚獸吞食惡魔肉塊，再把人類當成材料加進去所創造出來的東西。

（能創造出痛苦的房間，以及守護者——那種東西的傢伙，甚至無法被含括在狂信者的範疇內。）

「守墓人」連最低限度的倫理感都沒有吧。

而且，櫂人在貞德的故鄉裡目睹了遭到異貌化的聖騎士們。雖不知是否為本人自願，但他們也被餵下了惡魔的肉。

異貌化的人們，無論如何都無法在留有一命的情況下拯救他們。

「一旦回去，妳肯定會遭到處分吧……或許被殺掉還算是比較像樣的末路。回去是不行的，絕對不行！」

「不可能會這樣！我是不會說出這種話的……因為我也明白。」

伊莎貝拉如此回應。她的聲音很沉穩，冷靜的回答讓櫂人更加湧上一股不祥的預感。伊莎貝拉已經不再否定潛藏在教會內的惡意。即使如此，她仍是露出微笑。

「本來在正確的判斷下，也會有很多人袒護我吧。然而，我會在他們甚至不知情的情況下被祕密處理掉吧。即使如此，我還是有非完成不可的事情。我啊，想要回歸教會。」

「妳在、說什麼傻話……」

「我必須在聖騎士團內把真相傳開來才行。照這樣下去，他們也很有可能會被利用。」

「唔，這種機會——」

「就算沒被給予這種機會也一樣。我無法就這樣對部下們見死不救。」

伊莎貝拉淡淡地如此述說，看樣子她似乎從很久以前就做好了覺悟。

就在此時，櫂人想起某個事實。他跟伊莉莎白都一樣，沒有什麼應該要守護的人。兩人畢竟是罪人，然而伊莎貝拉不同。她背負著許多人的忠誠與信賴。

「聖騎士團總隊還沒被下達邪魔歪道的命令。然而，這也只是時間上的問題吧。正如貞德大人所言，先不論是非對錯，組織就是一隻長蜈蚣。怎麼能讓他們在不知情的情況下就這樣破壞應該要守護的人民還有世界呢。」

「就算這樣好了，妳——」

「我就理解妳的那種心情吧。不，就算無法理解，也假裝一下自己能夠體諒吧——不過，住手吧，愚蠢的妳（Lady）。」

制止聲忽然響起。貞德走上前來到櫂人身邊。她也毫不迷惘地勸誡伊莎貝拉。像是要再次抓住伊莎貝拉，「機械神」彎下身軀。

伊莎貝拉後退一步，擺出反抗的態度。

貞德用白皙蔥指比向伊莎貝拉，有如求道者般就這樣述說：

「我不是為了讓教會處理掉，才把妳(Lady)帶來這裡的。而是因為除了『拷問姬』與其隨從外，也需要其他明白世界真相的傳達者。需要隸屬於教會這一邊，而且接受真相後也沒有壞掉的人。因此，我選擇妳作為人類代表(Stray Sheep)。」

「嗯……或許是吧。我隱約覺得自己被這樣期待著。」

「不是為了讓妳平白送命。【別忘了。死是絕對之事，一旦死掉，一切就到此為止】。」

「……抱歉，我覺得這確實是重要的使命。不過，可以把這個交給其他人類負責嗎？我必須完成我的使命。」

伊莎貝拉如此拒絕貞德的忠告。貞德瞇起薔薇色眼眸，打算動用「機械神」。就這樣發展下去的話，伊莎貝拉沒有方法可以反抗。然而，她只是用平穩的表情，把以前貞德對她說過的話原封不動地還回去。

「因為，我好歹也是團長啊。」

「…………………」

貞德真的很罕見地流露出乎意料的表情。

伊莎貝拉邁開步伐，從她的步伐中可以看出毫無迷惘的自豪，也能感受到就算出面阻止也沒有意義的堅強。有如在說想阻止就來阻止似的，伊莎貝拉從貞德身邊通過。銀髮有如從蜜色秀髮旁邊掠過似的流曳而去。

貞德直挺挺地站著，就這樣輕聲低喃：

「…………蠢人。」

「機械神」以這句話為信號動了起來。然而，這次它沒有抓住伊莎貝拉，而是朝前方前進。看樣子鋼鐵巨人似乎打算按照她的要求擔任盾牌。

「不能去……」

櫂人不放棄地大叫。然而，伊莎貝拉卻用有如預測到此舉般的時機回過頭。她以背後炸裂的光芒為背景，悠然地繼續說道：

「別了，諸位。雖然惡劣至極，不過能得知世界的真相真是太好了。即使如此，我仍是要斷定教會的教誨是很棒的事物。為了支持信仰而保持清淨之身，正確地活下去是尊貴的行為。人類很弱小，今後也必須仰賴信仰。正是因為如此，為了以教會之人的身分阻止這個錯誤，我打算拚命掙扎下去。」

櫂人屏住呼吸。即使目睹諸多醜惡的真相，伊莎貝拉的信仰心，以及身為聖騎士團團長的矜持也沒有崩潰。她在堅定的信念下繼續說著嚴厲話語。

「正是因為如此，瀨名・櫂人，伊莉莎白・雷・法紐，貞德・德・雷。就算這場戰爭就後世史觀而論是正確之物，我也無法跟各位變成同路人。」

伊莎貝拉靜靜地、而且毫不迷惘地完全否定權人他們。

黑與金的「拷問姬」什麼也沒說，櫂人也只是默默地凝視爬在伊莎貝拉肌膚上的裂傷與清澈眼眸。他思考方才聽聞的譬喻。

（為了親眼目睹奇蹟，有的牧羊人也會開心地飛身躍進火山口。）

盲目的羊群們連自身行動有多愚昧都不曉得，就這樣跟在牧羊人後方。

伊莎貝拉既是其中一頭羊，同時也大吼企圖向他們提出警告。她的腦袋瞬間就會被砍下吧，即使如此，伊莎貝拉仍然不打算捨棄羊群。

（伊莎貝拉是無比高潔的人類。）

她不受權力與甜言蜜語迷惑，相信自己的正義，也能夠採取行動。

（正是因為如此，伊莎貝拉絕不會成為世界公敵。）

櫂人痛切地感受到此事。因此，繼續勸說要她一起同行是不可能的事。

櫂人他們是世界公敵，前方的路途畢竟也只是荊棘之道。

（我們打算進行的事是弒神，是屠殺聖女。）

對於試圖行正途的清高之人而言，不可能強行迫而為之。如此心想後，櫂人放棄了說服。

伊莉莎白微微發出咂舌聲。她搖曳黑髮，然後搖搖頭。

「哈，就隨妳喜歡吧。只要貫徹到底，愚行也是信念喔。如果不會後悔的話，妳就背負著它去死吧……反正余跟妳兩者都一樣，是不同種類的蠢人。」

「嗯，是呢……大家，全都是笨蛋。」

伊莎貝拉有些羞赧地笑了，縱貫那張臉龐的裂傷醜裂地扭曲。

即使如此，伊莎貝拉·威卡依舊美麗。

下個瞬間，她踹向階梯。伊莎貝拉銀髮飄盪衝了出去。

朝向白光炸裂的入口。

＊＊＊

「機械神」以令人驚訝的滑順動作先伊莎貝拉而行。

首先，鋼鐵巨人飛身衝向外面。伊莎貝拉毫不迷惘地追在它身後。砲擊在「機械神」身上炸裂，伊莎貝拉一邊被巨大存在守護，一邊放聲大叫：

「請住手，拉·克里斯托夫大人！是我！伊莎貝拉·威卡本人，屬下有要事稟報！大家也是，請聽我說！」

聲音無情地被抹消，砲擊感覺上像是會繼續進行。然而，她並沒有放棄。

「──────咕！」

趁著白光僅僅一瞬間的空檔，伊莎貝拉行動了。她從「機械神」背後飛身躍出。伊莎貝拉捨棄盾牌，刻意在拉・克里斯托夫面前曝露身體。

「我們走吧。」

「──────嗯。」

現在不出去就會來不及。貞德與伊莉莎白踹向地面，毫不懷疑伊莎貝拉會成功。權人與小雛也隨後跟上。雖然無言地搖著頭，「皇帝」也以打從心底無所謂的模樣跟隨著。弗拉德也掛著狡獪笑容，就這樣輕飄飄地前進。

權人他們越過入口。

砲擊有如謊言般停下，四周奇蹟似的寂靜無聲。

眼前，身著豪奢法衣的司祭正在對拉・克里斯托夫大聲叫喚著些什麼。看樣子似乎是要告訴他別停止砲擊。然而，克里斯托夫卻困惑地凝視伊莎貝拉，就這樣頑固地不肯打開雙臂。司祭再次粗著聲音吼道：

「這究竟是在幹什麼呢！居然對被攏絡至惡魔那邊的人大發慈悲！」

在那瞬間，伊莎貝拉的部下們一起動了起來。他們湧向司祭那邊，貌似處刑者的一群人慌張地試圖讓眾聖騎士退下。然而，部下們卻爭先恐後地紛紛開口大吼。

「修正，請您修正！團長是被硬帶走的！」

「煩啊！你們退下，退下！是在想啥啊！」

「居然打算自作主張處分被擄走的團長，你們那邊才是在想什麼呢！」

「那傢伙早已落入惡魔手中了。」

「就說我們報告過是被擄走的！吾等果然難以容許你們射擊團長！」

現場捲起一陣激烈的混亂，「機械神」沒放過這個空檔，啪啦啪啦地分裂。鋼鐵製巨人的身軀被分成數塊，四具機械重重地在灰色大地上著地。

只以獠牙打造的野獸。雖然狀似人類，骨骼卻有著致命性歪斜的機械人偶。擁有玻璃製巨翼以及管製四肢的蜥蜴。完全沒有任何接縫的雙足步行鎧甲。

貞德嘩啦一聲弄響手腕上的鎖鍊。以此為信號，機械們開始迴轉。

白光沿著圓發出光輝，金色花瓣氣派地飛舞四散。移動陣將伊莎貝拉留在原地，就這樣發動。司祭張大嘴說不出話，拉．克里斯托夫只是看著伊莎貝拉。她不打算逃跑。正是因為如此，拉．克里斯托夫也不打算射擊。

「你們還不適可而止！喂，別讓他們逃走，抓住那些傢伙！」

司祭一邊對爭執不休的部下們發出指令，一邊開始詠唱發動伊莉莎白的枷鎖。在櫂人身旁的伊莉莎白肌膚被燒灼，微微發出痛苦的聲音。

「嗚。」

「伊莉莎白。」

「伊莉莎白大人。」

櫂人與小雛撐住她的肩膀。然而，進行移動陣詠唱的人並不是伊莉莎白，而是貞德。光芒漸漸變強，聖騎士們與貌似處刑者的人們慌張地跑了起來。

就在此時，貞德輕輕伸出手。她不讓蜂湧而至的人們看見，就這樣捧起一束伊莎貝拉的銀髮。貞德有如騎士向公主送行似的吻上頭髮。

伊莎貝拉肩膀倏地一震。即使如此，她仍是沒有回頭。

貞德悄聲地朝凜然背影囁語。

「平凡人類反抗的模樣我並不討厭，驅動世界的事物原本就應該是這個才對。妳(Lady)雖然又呆又傻還很愚蠢，不過我就相信妳的這個行動也是會延遲指針朝末日前進的動作吧……【很中意妳的老子，眼睛果然不只是兩個洞。】」

貞德惋惜地放開銀髮，然後她輕聲地接著說道：

「再見了，既愚昧又勇敢的——處女少女(My Lady)。」

在那瞬間，聖騎士們與貌似處刑者的一群人群起而上，他們的身影漸漸被金色花瓣與白光抹消。然而，在什麼都變得看不見的前一瞬間，某幅光景確實地烙上櫂人的眼底。

聖騎士們輸給貌似處刑者的一群人，被推了回去。被緋紅布塊裹住的手臂伸出無數隻，它們陸續用粗暴動作抓住伊莎貝拉。

然後，她被用力拖倒在地面上。

3 剩餘之物

Fremdtorturchen

金色花瓣與白光相互融合，形成圓筒狀牆壁。瞬間，它殘酷地破碎四散。碎片柔和地融解，變成大量水滴敲擊石板鋪面。每敲擊一次，就有紅色水滴回濺。

「…………紅色？」

櫂人不由自主歪頭露出困惑表情。仔細一看，他們腳邊擴展著其他魔法陣。

被用在那兒的血液，與貞德的魔力互相對抗彈跳著。造就他們身邊展開一幅有如光之雨激烈地降在血泊上的畫面。

再次確認四面八方後，櫂人皺起眉心。

「咦？就算不用猜，也知道這裡是——」

「欸，貞德啊。余還想說一定會出現在附近的森林呢……為何可以直接飛到余的城堡？妳這傢伙，在不知不覺間對余的移動陣動了手腳？」

伊莉莎白不悅地將殘留——被教會枷鎖燒灼——燙傷的雙臂環抱在胸前。

櫂人他們平安無事地抵達伊莉莎白的城堡，設置著移動陣的大廳。然而，過去沒有運作經驗的人應該無法以普通方式直接轉移才是。

所有人的視線都集中在貞德身上，她搖曳著豐盈的蜜色秀髮歪歪頭。

「妳（Lady）在說什麼呢？這座城堡本來就是為了引來十四惡魔襲擊，才無時無刻又勇猛地門戶大開。【也就是說，破綻百出】所以挑自己喜歡的時刻讓使魔入侵，調整移動陣這點小事也是易如反掌。【哎，小事別在意啦！】」

毫不虧疚的回答讓伊莉莎白險惡地瞇起眼睛。然而，託可以直接飛到這裡的福，抵達時間比想像中還要早也是事實。短短地嘆了一口氣後，她響起高亢腳步聲邁開步伐。

「哎，好吧。雖然不愉快，但這次就放妳一馬。不要想說還有下次……那就走吧。」

「那個，伊莉莎白大人。在那之前，請先讓我包紮傷勢……」

小雛怯生生地向她搭話。停下腳步後，伊莉莎白放鬆嚴峻表情。然而，面對慌慌張張想要快點治療的小雛，她只是用沉穩的態度搖搖頭。

「對一度變成敵人的對象還真溫柔呢……等一下等一下等一下，別露出要哭的表情啦。這樣不是會讓余有一種虐待小狗的感覺嗎？余無意對小雛出言嘲諷喔。意思是等余空閒時會施放治療魔法，所以要妳放心，嗯。」

「呃，也就是說，用不著猜，對我說時就是出言嘲諷。」

「你挺靈光的嘛！這是理所當然的事情吧。全部都是你不可愛的錯，是男人就忍忍吧。」

「那麼，作為平衡就由我小雛甜甜又蜜蜜地誇獎權人大人吧！」

「嗯，像這樣加加減減互相抵消的想法真的好嗎？」

三人在這種非常時期交換著悠哉的對話，權人刻意一如往常地鬥嘴。

他藉著這種做法漸漸取回平靜。最終而論，櫂人勉強成功地揮開烙印在眼底的光景。他暫時將銀髮的光輝拋諸腦後。

（如今就算悲嘆也無濟於事。應該先趕路才對，這也是為了伊莎貝拉。）

「……哼，廢話差不多該結束了呢。這次真的要動身嘍。不管『肉販』是否願意，都有很多事情得從他口中問出來才行——因為時間寶貴啊。」

若無其事地暗示可能會進行拷問後，伊莉莎白舔了櫻紅唇瓣。櫂人無言地踢向石板鋪面。

他們從大廳奔馳而出。櫂人他們在狀似迷宮、響著像是呻吟聲的地下通道上急馳。他們身軀傾向前方登上階梯，飛身躍至一樓。

有義氣地奉陪到這裡的「皇帝」在此停下腳步，他高高抬起頭聞空氣的氣味。搖了兩三次頭後，「皇帝」感到無趣地發出冷哼。

『…………哼，果然，已經……了嗎？』

「怎麼了，『皇帝』？」

『還不知道嗎，小鬼。這股氣味你或多或少應該也習慣了才對吧？』

「習慣……嗚！」

櫂人總算察覺到異變。一樓走廊那邊飄散著有著鐵鏽味的腥臭鮮血氣息。「皇帝」進一步地在附近到處聞，接近隱藏在陰影裡的牆壁旁邊。

確認那前方後，櫂人猛然驚覺。「皇帝」的鼻尖前方有著一大片血泊。從濁黑的紅色之中，至高獵犬用前腳揪出某物。

『特別是這個。這似乎是亞人之物，它散發著更加複雜的氣味喔。如何，你也一看就曉得了不是嗎，不肖的主人啊？』

「皇帝」咧嘴嗤笑。那是預料到之後會有不祥情勢般的表情。櫂人無言地蹲到旁邊。確認被自己的獵犬壓住的物品後，他感到愕然。

血海之中，浸著黑色的破布碎片。

「……『肉販』。」

「櫂人跟小雛跟余去寢室，確認『吊籠(Gibbet)』裡面跟周圍的狀況！貞德跟『機械神』去搜查其他地方吧！大範圍搜索是妳們擅長的領域喔！」

「嗯，小姐(Lady)，我沒有異議。【哎，會比你們還快一倍吧】。」

『哎呀，【吾之愛女(My Precious)】，要無視我嗎？』

「你跟『皇帝』也一樣去搜索！在那之前，你們兩個先拿出幹勁吧！特別是弗拉德，這個米蟲！根本什麼都沒做嘛！」

指令與責難同時飆過來，弗拉德有如鬧彆扭地噘起嘴唇。他還是一樣，不時會露出天真無邪到詭異的表情。弗拉德輕撫自己的下巴，在空中蹺起長腿。

『唔，基於被你們殺掉的事實而論，我認為自己做出了十二分的貢獻了呢。而且，我已經是無法從飲食中得到樂趣之身，因此米蟲這句辱罵我認為有失妥當吶……哎呀，連抱怨都被無視了嗎？哎，只是搜索的話，我就奉陪吧。』

一行人漂亮地無視他的話，就這樣展開行動。雖然露出不服氣的表情，弗拉德仍是輕飄飄地開始追在貞德後方。另一方面，「皇帝」有如在說多此一舉似的用鼻子冷哼一聲，然後消失了身影。與他們分開後，櫂人他們朝二樓的樓梯前進。

櫂人與小雛、伊莉莎白一邊讓腳步聲迴響在岩石所打造具有壓迫感的城內，一邊趕路。

然而，三人卻在樓梯前方停下腳步。

「——————這傢伙是……」

「………………嗯。」

他們前方站著被弄得又紅又濕的鎧甲。那副姿態與設置在城內各處的活動鎧甲很類似。然而，被血液弄髒的生鏽胸口處卻能勉強辨認出白百合的紋章。

伊莉莎白用摻雜著憐憫的聲音囁語。

「是被變形的聖騎士喔。」

「嗚，哦……咕，唔唔唔唔唔唔唔唔唔唔……咳咳，嘔噁，喀啊！」

櫂人他們還什麼都沒有做。然而，聖騎士卻從頭盔縫隙中噴出大量鮮血。看樣子弄濕白銀鎧甲的血液，全是他自己吐出來的。

他透過用來確保視線的孔洞窺視這邊，看到那雙眼眸後，櫂人屏住呼吸。他左側的眼球破裂，從脖子垂下許多脈動著的桃色肉袋，簡直像是被新品種植物寄生似的。然而，更加駭人的是——那是他自身膨脹的肉。

「嗚……喔，啊，啊啊啊啊啊啊啊啊啊啊啊啊啊啊啊啊啊啊啊啊啊！」

聖騎士發出咆哮高舉武器。一般而言，他們是用劍的。然而，如今，那東西卻被替換成粗糙的戰斧（Battle Axe）。那是普通聖騎士因為重量之故而無法好好使用、也不適合其風格的物品。

突擊櫂人他們之前，聖騎士——是從平時就不忘表示敬意，就算面對敵人也一樣嗎——筆直地高舉戰斧。

「————————唔！」

櫂人不由自主緊咬唇瓣。那原本是用劍進行的舉動。大概是因為對痛苦的飢渴而意識朦朧，聖騎士毫不懷疑地相信自己拿的是劍。那副模樣就只是可悲。

「…………櫂人大人。」

「嗯，沒辦法。」

沒有方法可以在留有一命的情況下拯救異貌化的聖騎士，櫂人高舉手臂。小雛舉起槍斧（Halberd）。然而冰冷聲音響起，就像用鼻子對他們一瞬間的猶豫發出冷笑聲似的。

「【審判之槌（Gabel）】。」

轟隆隆隆隆隆隆隆隆隆隆隆隆隆隆隆隆隆隆隆隆隆隆隆隆隆隆隆隆隆隆隆隆隆隆隆隆隆隆！

像是鐘聲的莊嚴聲音鳴響，紅色花瓣豪奢地撒布。

巨大鐵槌一邊震撼空氣，一邊從虛空中揮落。它將異貌化的聖騎士連同鎧甲一起擊潰。以凶惡荊棘裝飾、像是肉槌的槌頭「縱向」敲平了人類。

短柄被無形之手緩緩拿起，討厭的聲音響起。

紅線柔軟地延伸、斷裂。槌子下方是一片將鐵板與鮮肉混雜在一起敲平的慘狀。由於難以想像原本的形狀之故，雖然悽慘至此，其光景卻是欠缺殘酷感。

「——哼！」

伊莉莎白彈響手指，鐵槌變成大量花瓣消失了，只留下乍看之下意義不明的慘狀。她用高跟鞋踏上那東西，發出帶有水氣的聲音。

伊莉莎白一邊把腳放上階梯，一邊低聲囁語。

「要趕路嘍。」

「嗯。」

權人簡潔地回應她的這句話語。三人踏上聖騎士在樓梯前方的那片淒慘亡骸，再次發足急奔。半路上，他們遭遇到兩名異貌化的聖騎士，也都殺掉了。

從裝飾窗投射出來的扭曲圖案落在走廊上，權人他們一邊排除礙事者，一邊在那條走廊上趕路。

不久後，伊莉莎白的寢室映入眼簾。雖然在奔跑，櫂人卻全身一顫。那兒等待著最惡劣的光景。門扉已經開啟，周圍的地板散布著鮮血。

「『肉販』！」

「『肉販』先生！」

櫂人跟小雛一邊大叫，伊莉莎白一邊無言地進入室內。

然後，壓倒性的寂靜迎向三人。

＊＊＊

寢室裡很安靜，同時也很平穩。

自從被惡魔襲擊後，窗戶的百葉窗就一直呈現壞掉的狀態。鈍重光芒射向空蕩蕩的地板。那個位置曾擺放雖然樸素、材質卻很高級的床鋪與衣櫃，如今那兒卻沒有家具之類的東西。它們被捲入「肉販」與伊莉莎白的戰鬥，全部都消失了。

只有被刀子刺中的地圖殘留在牆面上。還有，天花板上面吊著一個縱長形的狹窄金屬製籠子。那是伊莉莎白召喚的拷問器具「吊籠(Gibbet)」。

櫂人無言地仰望鐵籠，裡面是空的，沒有「肉販」。

「…………伊莉莎白。」

「…………唔。」

伊莉莎白彈響手指。嘩啦啦地弄響鐵鍊後，鐵籠在地板上著地。她緩緩地開始檢查門扉，櫂人從旁邊探頭望向她的作業過程。伊莉莎白用纖細手指輕撫殘留在鎖頭上的多數刮傷。確認它們的方向與形狀後，她點點頭。

「這是從內側弄出來的傷痕。看樣子，『肉販』似乎是自行開鎖逃出去了。」

「不是被誰帶出去的嗎？該不會，『肉販』先生平安無事？」

「不，不是這樣吧……逃出後發生了某件事。」

櫂人回頭望向寢室的入口。周圍的地板上散落著鮮血。城內有異貌化的聖騎士徘徊，一樓則有黑布碎片飄浮在血泊之中。

不可能平安無事。有如與櫂人的不安同步似的，伊莉莎白嘆了氣。

「大致上可以料想到喔。逃出籠子後，那傢伙運氣很差地撞見聖騎士吧。恐怕是為了預防余從地下陵寢逃亡至城堡，所以派了大批人馬過來。其中應該也有可以發動枷鎖的司祭。然而，取回『肉販』後，總隊就回歸了吧……城內之所以沒有可以好好戰鬥的人，就是這個理由吧。」

櫂人點頭同意莉莎白的推測。確實，他們遇上的聖騎士們已呈現半自毀的狀態。就肅清要員而論，實在是太半吊子了。恐怕是將特別不適合惡魔之肉、近乎喪命的人丟在這裡後就走了吧。

（樣子雖然不像貞德那樣肯定，但教會很有可能也在尋找使徒……正是因為如此，「肉販」才會受到總隊護送，而且被帶走了。）

「『肉販』先生被抓了嗎？現在在教會那邊……咦？」

「怎麼了，小雛？」

「不，那個，心愛的櫂人大人，親愛的伊莉莎白大人，那是？」

小雛連不安的表情都忘記，吃驚地張大嘴發出聲音。櫂人跟伊莉莎白將臉轉向她指的方向。那剛好是注意力放在「吊籠（Gibbet）」的話，容易變成死角的位置。

看見那個後，兩人完全同時地瞇起眼睛。

「…………那是……」

那兒掉落著存在感出類拔群，甚至令人覺得不可思議，為何至今為止都沒注意到的物品。是一旦認知，就再也無法忘卻的東西。

地板上登楞——地掉落著巨大的肉骨頭。

「是肉。」

「是肉啊。」

「是肉呢。」

三人不由自主低喃明白至極的話語。聖騎士們由於陷入瘋狂之故，所以自然而然地看漏了吧。然而就櫂人他們的角度而論，實在不得不吐槽一句「這是啥啊」。

三人小心翼翼地接近肉骨頭。越是近距離觀察，那東西就越是散發出謎樣風格。櫂人與伊莉莎白視線相交後，用手肘互推對方的側腹。

「來吧，櫂人。這裡就讓擁有新娘的你，像個男子漢似的確認看看如何呢，嗯？」

「不不不不，這時應該把機會讓給名震天下的主人吧？」

「那麼，失禮了……就由我小雛請纓進行確認！喝！」

「「不不不不不不。」」

有如在說不能讓小雛去做似的，櫂人與伊莉莎白連忙伸出手。伊莉莎白的手指偶然地先碰到。雖然對櫂人發出咂舌聲，她仍是拿起肉骨頭。

就在此時，抓住骨頭的感觸令伊莉莎白露出困惑表情。

「嗯？這個……很鬆啊？該不會……咕唔唔唔唔唔唔唔唔，呼！」

「哦哦！」

伊莉莎白喊的一聲，從肉裡面漂亮地拔出骨頭。喀啦一聲發出，從裡面掉下某物。撿起那東西後，伊莉莎白將其舉至眼前。那是形狀很複雜的金屬片。上面明明沾著脂肪，卻亮晶晶地散發光輝。確定其形狀後，她歪歪頭。

「該不會是某物的鑰匙吧？」

「而且，那上面不是寫著字嗎？妳看，就在這裡。」

被櫂人如此指正後，伊莉莎白將鑰匙轉了一圈。她大大地皺起眉。骯髒的金屬表面上刻著「愛龍二號」。

「……這個。」

「……有聽過啊。」

櫂人他們像這樣朝彼此低喃，這東西恐怕跟「肉販」持有的龍有關吧。而且對「鑰匙」而言，應該有它可以開啟的對象物才是。櫂人同時想起一事。

（記得伊莉莎白知道「肉販」的居住場所。）

某一天，伊莉莎白派了小雛去跑腿，另一天則是把魔像跟水精靈作為謝禮送了過去。「肉販」——恐怕是選擇了沒有使徒這個知識的人——有許多顧客。然而，連他住在哪裡都有得到告知的人是極少數吧。

說不定除了伊莉莎白以外，誰也不曉得。

伊莉莎白將鑰匙拋向半空。在鑰匙落地前，她啪的一聲接住它。

「與貞德他們會合後，就要返回移動陣喔。前往那傢伙的住所。」

「了解。」

「遵命。」

伊莉莎白如此宣言後，櫂人與小雛點點頭。櫂人無言地思考。

「肉販」無疑是故意留下鑰匙的，無從得知這是基於善意或是惡意的行為。即使如此，櫂人不知為何仍想要相信。

（說不定這有辦法改變什麼。）

他一邊回想對方愉快地胡扯的模樣，一邊不由得如此祈願。

＊＊＊

「肉販」的住所算是危險地帶。是既昏暗又深邃的邊境森林深處。那裡連罕見的礦石或是藥草類的東西都採集不到，最近的村莊也在山的另一頭。託這樣的福，森林免於遭到開發。結果魔物跟食人植物在裡面大量繁殖，已經變成了非人魔境的狀態。

然而就某種意義而論，聚集在此的成員們超越了非人物種。

咕呃呃呃呃呃呃呃呃呃呃呃呃呃呃呃呃呃呃呃呃！噗滋！

伊莉莎白空手扯斷發出怪聲，同時咬向頭部的藤蔓。現場響起嘎嘰這種讓人覺得由植物發出真的好嗎的慘叫聲。將藤蔓隨手扔掉後，伊莉莎白嘆了氣。

「唔，雖然全是小嘍囉，不過很不好走呢。能直接飛到『肉販』的屋子就好了說。」

「因為移動陣的樣式就是只能飛到森林的入口呢……之前我過來時也是這樣。」

「嗯，或許是為了祕密穿幫被我們得知時做準備，『肉販』才弄成這樣子的吧。」

　　權人感觸良多地說道。不，總覺得他什麼都沒想呢——伊莉莎白如此發出沉吟。在他們身邊，小雛一邊大吼「不准接近兩位，無禮之徒！」，一邊縱向斬開巨大的毒蛾。

　　至於前方，變回鋼鐵巨人的「機械神」牢牢踩住發出喝嘎這種吼聲的植物們。貞德一邊搖曳鎖鍊，一邊優雅地跟在後面。弗拉德輕飄飄地浮著。

　　他們默默無語地前行，現場響著嘰耶或是咕呀這種遭到反殺者的大合唱。不久後權人他們停下腳步，來到一處開闊的場所。

　　面前登愣——地聳立著一棟有著幻想氣息的小屋。

「……………………………………………………………………是香菇。」

「是的，是香菇。」

「而且，還是毒菇。」

『嗯，這裡面不是沒有肉的要素嗎？捨棄整體感我覺得有些欠缺美學呢。』

　　權人感到愕然，小雛點頭同意，伊莉莎白無言，弗拉德對出乎意料的光景表示怨言。

　　在他們前方，蓋著一棟整體帶著圓潤感的房屋。它有著與香菇菌傘一模一樣的紅色屋頂，而且還散布著白色斑點。這無疑就是仿照香菇，而且還是毒菇的建築物。

　　在菌柄部分，有著一扇讓人覺得這樣也挺可愛的圓門。

　　權人抓住門把，向後一拉。然而，門扉並未開啟。果然上了鎖的樣子。催促他退下後，伊莉莎白高高地抬起美腿，她輕輕發出聲音。

「──────喝！」

「下手了！」

伊莉莎白華麗且大膽地釋出迴旋踢，門扉猛然遭到破壞。然而，內部並沒有特別異常。有巨大的切肉台跟菜刀、把手式的圓鋸、許多勾子，如果與一般商人的住家相比，真的充滿了危險氣息。然而，從「肉販」的工作內容與他販售的肉品多樣性來思考，可以說這是意料之中。除此之外還有其他東西嗎──櫂人他們如此心想，在室內搜尋了起來。

只有弗拉德動也不動，飄浮在空中。櫂人回頭望向他，開口抱怨：

「我說弗拉德啊，我知道你的身體無法碰觸東西，不過也稍微幫點忙吧。」

『不，【吾之後繼者】（My Dear）。我正忙著思考為何只有這個櫃子附近沒有灰塵呢。』

「……………啊！」

「原來如此，【意思就是你證明了自己才不是米蟲吶】。」

回應弗拉德的微笑後，貞德呼喚「機械神」。它輕易地移動櫃子，下方安裝了暗門。試著開啟後，延伸出一條通往地下的樓梯。

雖然緊張，櫂人他們仍是走下樓梯。底部是利用地下湖遺址造出來的一大群倉庫。此處利用枯掉的池子，大量排列著用石頭組合而成的小屋。就算在主人不在，魔像與冰精靈們仍然勤奮地管理著肉品。

這裡果然也沒有怪異之處，特別是沒有半件與聖女有關係的物品。

（開始覺得至今為止耳聞的情報是惡夢還是什麼東西了。）

就在櫂人不由自主如此懷疑時，小雛一邊揮舞手臂，一邊發出聲音。

「櫂人大人！這邊也有一座通往上面的樓梯！」

看樣子似乎是發現了另一座不同於前來時的階梯。然而，至今為止的成果畢竟是那樣，因此櫂人他們不特別期待地爬上樓梯。將木製門扉打開後，鈍重光輝滿溢而出。

櫂人忽然探出臉龐，被森林圍住的的空間看樣子似乎是後院。

「啊——————有了！」

在耀眼光芒與鮮明的綠色之中，櫂人他們發現了那個東西。

＊＊＊

「哇、哇哇哇哇哇，哇哇哇哇哇哇哇，要——掉——下——去——了！」

「沒事的喔，櫂人大人！我小雛一定會好好握住櫂人大人的手喲！就算齒輪要停止也不會放手！……話說，呃，比起這種事，跟我換個位置比較好吧？」

「不、不是的，不行！冷靜判斷的話，就算坐那邊我也有可能會掉下去，所以在這裡讓小雛撐著對雙方來說應該是好事才對。不過，可怕的事情還是好可怕啊啊啊啊啊！」

「害怕的櫂人大人好可憐又好口愛——————！」

小雛謎樣的叫聲爆發，看樣子就是因為緊張萬分的狀況一直持續，事到如今某種情緒才會在這裡炸開來吧。就算在她因為受不了而激烈地扭動身軀時，櫂人的腳也幾乎漂浮在半空中。

而且，在他旁邊的兩片黑色薄翼啪沙啪沙地拍打虛空。櫂人一邊被它們吹動，一邊用魔力抑制體力消耗，努力忍耐著不被刮飛。

眼底下是一大片森林，樹木們一邊化為綠色波浪一邊朝後方流曳而過。

櫂人他們坐在赤紅又優美的龍背上。

離開「肉販」的家後，他們在天上飛行。

那是數小時前發生的事。在「肉販」宅邸的後院，櫂人他們發現三隻龍。第一隻是以前將小雛載到王都的「鋼龍」。第二隻是有著四枚翅膀與細長紅軀，散發女性氣息的龍。貞德有云，那似乎是「紅龍」。

用鑰匙開啟項圈的瞬間，她以猛烈力道開始振翅。

沒時間迷惘。貞德優雅地跨上鞍，接著伊莉莎白以側坐的方式坐上去，最後則是小雛抓著慢了一步的櫂人飛身坐上龍。

當然，紅龍的身軀越到後面就會變得越細。也就是說，在最後面等於是無處可坐。在那

之後一直到此時此刻，櫂人都一直咿咿咿的吵鬧著。

在前方，伊莉莎白發出受不了的聲音。

「很吵耶，櫂人！你的身體是不死身喔！就算掉下去也不會死的！」

「不對大量出血魂魄脫離的話必定會死這件事我是知道的！好可怕啊卯起來亂彈！」

「你吵死了。【不能向死人學學，謙虛地閉嘴嗎？】」

「不想被跨坐在鞍上面的傢伙這樣說！」

就算是櫂人，也盡全力表示抗議。貞德一副事不關己地讓蜜色秀髮隨風飄揚。

如今，她身邊沒有「機械神」。或許是無法進行長距離飛行，它們暫時消失了身影。弗拉德一邊輕飄飄地浮在櫂人身旁，一邊咯咯笑道：

『哎呀呀，你似乎很享受天空，真是太好了呢，【吾之後繼者】。』

「囉嗦！……不、不過，似乎有點可以放鬆了呢？」

雖然還是一樣害怕，櫂人仍是微微瞄向下方。

森林化為濃厚的綠色大地，分不清那是獸人還是亞人，亦或是人類的領地。一旦從空中眺望，哪塊土地由誰擁有真的只是小事。

紅龍扭動細長的全身不斷飛行，其目的地不明。然而，她似乎有著確切的目的地。飛行速度總是維持一定，看不出有絲毫迷惘。

眼底的光景陸續轉變。不久後森林終止，有如玩具般的民宅綿延不絕。接著變成了黃色的沙漠荒野。望向遙遠的前方後，櫂人不由得倒抽一口涼氣。

遠方的稜線發出閃閃光輝，就像撒了玻璃碎片似的。

「…………不會吧，喂。要橫渡大海嗎？」

「打算就這樣飛到大陸外面嗎？」

伊莉莎白也微微抬起腰部。就算是她，聲音也略微流露緊張之情。

從途中開始，風的質地也發生變化。乾燥的風流開始帶有濕氣與海潮氣息。

轉眼間就接近了大海。紅龍終於氣勢十足地飛到水面上。

一道腥臭氣味特別強烈的潮風拍向櫂人等人的臉頰，海鳥群發出驚叫聲逃離。好幾艘帆船拖曳白線，在海浪上奔馳著。

然後在水平線上，太陽漸漸下沉。大海火紅地燃燒著。

像是成熟果實的光芒灼燒櫂人的視網膜，壯闊光景自然而然地奪去他的目光與心神。這是在死前被關起來的那個地方絕對看不見的景色。

櫂人一邊對紅龍欲往何方感到不安，一邊不像自己地興奮著。

（乘著龍在天上嗎——有一種，終於來到這裡了的感覺呢！）

『唔嗯，總覺得我好像知道這頭龍的目的地呢，雖然只有隱隱約約就是了，【吾之後繼者（My Dear）】。』

「是、是嗎，弗拉德！究竟是、哪裡，哇哇哇！」

弗拉德如此說道後，櫂人率直地將臉轉向一旁。

在那瞬間，紅龍一頭衝進薄雲裡。視野被奪走，櫂人再次大叫。現場響起「櫂人大人果然好可愛——」這種感動至極的聲音。弗拉德在白色的另一側沉穩地低喃：

『——————恐怕是世界的盡頭吧。』

就在此時，櫂人想起某句話。

（這是從很久以前就持續至今的——無聊童話。）

櫂人他們坐在紅龍背上，前往足以匹配這個故事的地方。

4 世界的盡頭

4 ✦ 世界的盡頭

某人說，世界沒有盡頭。說這片大地是圓的，沒有終點。

某人說，世界有盡頭。說那裡是會吞噬一切的瀑布。

某人說，世界有盡頭。說那裡是神明創造出來要當「世界的盡頭」的場所。

究竟大地是圓的嗎？大海互相連繫著嗎？還是說等在那兒的只有將一切吞噬至奈落深淵的瀑布呢？至今仍無人知道這個真相。

因為這個世界裡無人實際航海確認此事。然而，就現在這個時間點而論，在三者之中，能明確地斷言是正確答案的話語只有一個。這個世界確實有一處被神明定為「世界的盡頭」的場所。據說那兒是由雪和水，還有風與魔力構成的清淨之所。

只有得以知道場所的人，才能抵達那裡。

『【就算要走遍這個世界也一樣】呢。只要身為魔術師，就必定如此耳聞過。不過，想不到居然能在生前……不，我已經死掉了。哎，我連想都沒有想過能抵達這裡吶！看啊，像這樣試著實際站上此地後……唔，正確地說是飄浮著就是了！感慨還挺深的呢。』

「全是訂正，你這樣好嗎？」

『哈哈哈，我當然很滿足啊！』

悠然承受愛女的冷淡視線後，弗拉德如此笑道。

他用貴族般的優雅氛圍瞭望銀色世界。地面堅硬地結凍著，就算向下挖也不會出現土壤。這裡是只由含有魔力的水創造而成的。因此，視野微微帶有藍色，散發著鈍重光輝。大到可以用肉眼識別的雪花結晶，有如工藝品般堆積在四周。上方那片天空呈現乳白色的混濁狀態。不可思議的是，整體都覆蓋著一層看起來也像是油膜的虹色色彩。然而，顏色們的真面目不是雲朵，也不是太陽或是星辰。

簡直像是蓋子蓋住似的，天空上「什麼東西都沒有」。因此，連現在究竟是白天還是晚上都曖昧不明。就某種意義而論，這裡也很像是惡魔的空間。然而，空氣不像那裡一樣汙穢。風兒透明純淨得令人恐懼，大氣散發出閃閃光輝。

這片大地有如奇蹟般美麗。然而，它同時也空無一物。

就只是空蕩蕩的。

一切都結束後的寂寥，與某事要開始的期待感，同時存在於虛無的容器裡。

這正是足以匹配「世界的盡頭」之名的場所。

在這片傳說中的大地上，瀨名櫂人正以現在進行式凍死中。

＊＊＊

「好、好冷！好冷好冷好冷好冷好冷好冷！」

「請振作，櫂人大人！啊啊，如果我的面積再大個一百倍就好了！」

「嗯，余現在看見櫂人被壓死的幻影嘍。」

櫂人一邊被小雛緊緊擁住，一邊瑟瑟發抖。

打從方才開始，小雛就賢惠地用自己的身體試圖替他取暖。然而，她的面積確實不足以覆蓋全身。除了被豐滿胸部夾住的臉龐外，櫂人完全輸給了寒冷。一邊眺望大致瀕臨死亡的櫂人，伊莉莎白一邊嗯嗯嗯地點頭。

「因為實際上這裡的氣溫，不是人類毫無準備就能承受得了啊。」

「所謂『世界的盡頭』，意即純淨之地。也就是說，【這不可能是正常生物可以呼吸的地方喔】。」

「為、為啥妳們穿成那樣，卻不會冷啊！」

櫂人不由得大叫。與話語的內容相反，伊莉莎白跟貞德一派從容。

弗拉德的存在本身就是幻影，小雛則是機械人偶。兩人不會感到寒冷可以說是天經地義之事。然而，連伊莉莎白與貞德都一臉沒事的樣子，這果然令人費解。

畢竟，拷問姬們的緊縛風洋裝可不只是布料少這種程度。

面對他的詢問，貞德露出愕然表情。她聳了聳裸露而出的肩膀。

「我反而想要問你（Mister）呢。為何在如此充滿魔力的豐腴之地，魔術師會覺得寒冷呢？【你覺得自己是『正常的生物』嗎！現在的你，就像是明明有衣服穿，卻刻意選擇赤身裸體的被虐狂變態喔！】」

「正如貞德所言喔，你就更順手地使用魔力吧。聽好嘍，要產生一股像是在腹部底處點燃一把火的感覺。然後，在自己周圍製造又暖又厚實的空氣層，就是這樣……呃，喂，給余等一下。你現在是不是正要冒出火啊？」

「沒、沒錯，快燒起來了！就說我對需要細膩手法的魔術不在行啊，好冷！」

櫂人從頭頂呼呼呼地冒出陣陣濃煙，卻還是發著抖。

就在此時，是景色觀察到膩了嗎？弗拉德回來了。他感到受不了的搖搖頭。

『看樣子【吾之後繼者（My Dear）】要在這裡脫隊了啊。死因雖然可悲，不過這也是沒辦法的事。所謂的別離總是來得突然寂寥又滑稽，而且也是因為這樣才值得細細品味呢。』

「這樣好嗎？離開人世時，我可是會把你的寶珠摔破後再死的喔，絕對會這樣做的！」

雖然發著抖，櫂人仍是狠瞪弗拉德。是對某事感到愉快嗎？弗拉德哈哈大笑。

雖然感到傻眼，伊莉莎白仍是輕拍櫂人的肩膀。

「先冷靜下來吧。因為正確地說，你是不會凍死的喔。」

「是是是、是這樣說沒錯，不過現在變得無法動彈的話會很不妙吧吧吧！」

的確，正如伊莉莎白所言。櫂人的靈魂放在人造人（Homunculus）體內。

只要不遇上始料未及的大量出血，其身軀就是不死身。實際上如果他是普通人類的話，已經陷入失溫症而死亡了。即使如此，一旦在體內循環的伊莉莎白之血凝固，他還是不免會停止運作。如今，也不是可以拜託別人搬運拖油瓶的狀況。

小雛用力握緊雙手的拳頭。她用下定決心的表情，將手放上自己的女傭服。

「小雛領悟到了！事到如今，只有一個方法！身為新娘的我，為了讓重要的新郎大人更加暖和，超樂意脫光光然後再緊緊地抱上去！」

「冷靜吧，小雛。妳雖然是機械人偶，不過確實擁有重現人類體溫的熱度。然而，就算脫下衣物緊緊貼住也沒有什麼差別喔。還有，別把真心話說出口，答應余……那麼，紅龍不動了。四周也沒有可以當做路標的東西，櫂人快要凍僵。」

「別、別說得這麼不吉利。」

「之後究竟要怎麼做呢。」

唔唔唔——伊莉莎白雙臂環胸，將視線流暢地移向一旁。

紅龍趴在那道視線的前方，看起來絲毫不覺得冷。抵達「世界的盡頭」後，牠就突然變得不動了。紅龍有如回到老巢似的打盹。

伊莉莎白如此說道後，貞德再次聳肩。

「是呢，可悲的你（Mister）凍死在此我們也很頭痛。話說回來，到處亂走也是下策，應該避免浪費體力。如今就祈禱我那些孩子們能取得某種成果吧。順利的話，應該也能建立起今後的行動方針才是。【沒有成果的話，就死了這條心去死吧】。」

「好、好無情啊。」

櫂人表情蒼白地嘆息。然而，他對貞德的提案本身並無異議。

再次令「機械神」現形後，它們個體分離前往偵查。四架按照貞德指示，探索從未有人踏足的大地。如今這是他們擁有、最有效率的手段吧。

（畢竟，這裡完全沒有東西可以當做標記。就算人在上面走路，也有可能在原處兜圈子……既然「肉販」把我們找來，在凍死前的範圍內就應該會有些什麼才是。）

雖然如此思考，櫂人仍是乖乖地將希望寄託在那四架上面。也就是說，再來就只有等待了。

無言的時光持續了一陣子。

在發出鈍重光輝的天地之間，時間的感覺消失了。由於櫂人撐了下來之故，應該沒有經過多少時間才對。然而，對等待的人而言，感覺像是永遠的時光流逝而過。

不久後，櫂人猛然抬起臉龐。喀啦喀啦刮削大地的聲音傳入耳中。

扭曲的銀色從遠方接近而來。全身由利刃打造的野獸——「第一架（潘達斯奈基）」——一邊削去薄冰，一邊返回這裡。它在冰上面挖出洞穴緊急停止。

在主人面前腿部靠攏坐下來後，「第一架」啪喀啪喀地動著嘴。它似乎藉由弄響牙齒結束了某種報告。貞德用演戲般的動作，誇張地壓住嘴邊。

「哎呀，這倒是意料之外。」

「怎、怎、怎、怎樣了，貞德？發、發、發、發現什麼了嗎？」

「雖然牙齒打顫到近乎極限，卻還是有毅力提問，我就誇獎你一番吧。聽我說，然後吃驚吧。『我的第一架』說，它在這前方發現士兵們的野營地。【想不到已經有人來到『世界的盡頭』了吶，真像是在開玩笑呢】。」

「居然有此事？那麼，是教會那群傢伙嗎？是從『肉販』那邊問出什麼了嗎？」

「不，據說旗幟圖案與教會的不同。雖然是我也見過的花紋……不過很難口頭說明——畫出來吧。」

貞德如此指示後，「第一架」順從地點點頭。它毫無迷惘地動著刀刃製的腳，看起來像是機械輸出記錄影像之類的東西吧。銀色軌跡流暢地刻出纖細的圖形。

它首先畫出動物，然後是花。一幅氣派大花被白鹿、古狼、大鷹圍繞著的圖畫完成了。

櫂人不由自主瞪大雙眼。他暫時忘卻寒冷，茫然地低喃。

「是『森之王』他們……而且，這個每個王族都會使用不同花朵的紋章……」

「嗯，小雛我也有印象。」

仍舊依偎在櫂人身邊的小雛也嚴肅地點頭。伊莉莎白有如在說發生何事似的瞇起雙眼。

櫂人用認真的口吻，斷定旗幟的擁有者。

「是『森之王』第二皇女，薇雅媞．烏拉．荷斯托拉斯特的私兵團。」

＊＊＊

就這樣，新的謎團增加了。畢竟櫂人他們的所在之處不是別的地方，而是「世界的盡頭」。

只有被告知位置的人，才能抵達這裡。

（明明是這樣才對，為何獸人會在這裡？他們的目的究竟是什麼？）

不論怎麼思考，櫂人都無法理解。就算要推測好了，如今的情報量也不足。

他露出苦思表情煩惱著。就在此時，伊莉莎白雙手環胸，威勢十足地挺起胸膛。

「就算思考也沒用時，就只有採取行動了喔……反正也必須掌握獸人造訪『世界的盡頭』的理由跟目的。」

「嗯，正是如此。感覺不像是偶然，而且也沒有這個可能。既然如此，就得知道原因為何才行。」

「嗯……是啊。先試著展開行動吧。」

貞德如此應和後，櫂人也點頭同意。而且，獸人應該不是敵人才對。至少櫂人認為他們「並非敵人」。此時此刻，他想要相信對方也是如此。

就這樣，今後的方針確定了。

前往獸人們的野營地，以期與他們接觸。

櫂人他們立刻跟隨「第一架」的指引，開始移動。

他們踏碎雪花結晶走路。然而才開始前進，就立刻發生了重大的問題。

「呃，伊莉莎白，很不妙。」

「什麼很不妙？啊…………余大致上明白，不過你試著說看看吧。」

「這、這樣下去我會死。正、正確地說是會變得無法動彈。」

「唔，余認為待平安無事將你回收之時，再啵啵啵地用水燙煮便可吶。」

「別、別把別人說得像是冷凍食品。而而而、而且，在那之前都要當雕像我可不要喔喔喔喔喔喔！」

在談話之際，櫂人的體溫也被毫不留情地剝奪。在假死狀態前懇求「皇帝」好了——他差點不由自主衝動地想要這樣做。畢竟現在也只有獸化的左臂不冷。他覺得如果抱住那隻獵犬的毛皮，一定會變得暖和才是。然而，「皇帝」是心高氣傲的惡魔。將那身毛皮抱個滿懷時，他必定會暴怒的吧。而且，惡魔是否有體溫也令人懷疑。

（好、好險好險。差點就不小心要被咬殺了。）

如此心想、緊急煞車恢復正常後，櫂人摸索更現實的方式。

結果，他再次選擇從伊莉莎白那邊接受魔術指導的道路。

然而無論重複幾次，都看不見成功的預兆。

「……不、不行嗎？」

「嗯，接下來是要余怎麼教才好呢。」

說明了數次後，伊莉莎白用手指輕敲自己的額頭。另一方面，櫂人的頭頂微微冒出煙。

伊莉莎白一邊眺望這副慘狀，一邊皺起眉心。

「因為體溫調節，不是以痛楚為支點這一類的魔術啊。對你而言反而會很難掌握到感覺吧。話雖如此，再來應該要怎麼說明才好呢。」

「在、在這邊放棄的話，我的命運就有如風中殘燭。」

「放心，已經要消失了。」

「說、說什麼，放心啊。」

「櫂人大人！就算櫂人大人不能動，小雛也會搬運您的！」

「唔，就現狀而論要搬人明明就很危險的說……煩啊！明明連劍都可以自行製造出來，你的想像力竟變得比之前還要貧乏嗎？都說了，首先呀……」

『可以打擾一下嗎，【吾之愛女（My Precious）】？』

「幹嘛，一副受過火刑，不曉得是打哪兒來的優雅面孔啊？」

『哈哈哈，雖然叛逆期很長，不過安心吧。我意外地很寬大喔。』

被弗拉德從旁打岔，讓伊莉莎白露骨地皺眉。弗拉德爽朗地大笑，不將她的嘲諷當作一回事。雖然遭到鐵樁投擲臉龐的下場，他還是毫不灰心地繼續說道：

『不成功的理由就是，妳的教法適合正經的魔術師。教他時，只要從根本改變方式就行……【吾之後繼者（My Dear）】，讓體內同時產生火跟冰。不是抱持那種感覺，而是實際產生它們。以要殺掉自己的念頭，將力量灌入那兩者之中。』

「……等等，弗拉德你沒瘋吧？不對，你平常就是狂人了。」

『力量會互相抵消。你擅長火焰，所以影響應該會停留在讓體溫上昇的範圍內吧。』

櫂人聽從弗拉德的指示，閉起眼皮。他集中意識，試著灼燒、以及冰凍自己的內臟。至今為止的毫無手感就像在說謊似的，魔力動了起來。

（啊，這樣做確實輕鬆太多了。）

矛盾的兩股力量在櫂人體內互相碰撞。雖然多少掠過一些痛楚，不過兩者平安無事地消失了。之後只剩體溫上昇的效果。

櫂人緩緩睜眼，他朝一臉得意的弗拉德點點頭。

「原來如此，寒意好一點了。謝謝了，弗拉德。」

「你、你這傢伙……總是、總是這樣，不想個辦法處理一下那種扭曲的方式嗎啊啊啊啊啊啊啊啊啊！」

伊莉莎白宛如毛皮倒豎發出哈氣聲的貓兒似的發出怒聲，她將華麗的迴旋踢擊入櫂人的背部。

那真的是一如往常的一擊，然而這次的場所卻與平時不同。

櫂人因衝擊而滑了一跤。

「————嗯嗯？」

「————咦？」

由冰構成的大地摩擦力少得很極端。而且運氣不佳的是，地面在不知不覺間平緩地隆起。看樣子櫂人他們似乎是在沒有自覺的情況下，爬上了白色山丘。

結果，在那邊滑一跤的櫂人會變成怎樣呢。

他以黑色長大衣代替雪橇，以猛烈的速度開始在山坡上滑動。

「嗚哇啊啊啊啊啊啊，伊莉莎白啊啊啊啊啊啊啊啊啊啊啊啊啊啊啊啊啊啊！」

「櫂人啊啊啊啊啊啊啊啊啊啊啊啊啊啊啊啊啊！」

「心愛的櫂人大人呀啊啊啊啊啊啊啊啊啊啊啊！」

『嗯，可惜，後繼者沒了。』

「感覺你不怎麼可惜就是了。」

被留在原地的一行人各自吵吵鬧鬧之際，櫂人毫無停歇地猛衝。他慌張地將獸臂插向大地，然而爪子卻沒有順利地刺進冰中。

（嗯，那麼，這下子該怎麼辦呢？）

這也不是被強烈負面情感驅使時所產生的反作用力。事件滑稽至此，人當然也會冷靜下來。櫂人半閉眼睛，一邊朝四周張望。就在此時，他察覺到一件事。

櫂人滑落下去的路線旁邊，刻劃著奇妙的車痕。雪花結晶被弄斷，冰淺淺地被削去一層。這恐怕是「第一架（潘達斯奈基）」滑下山丘時的痕跡吧。

「看樣子，似乎是朝正確的方向前進呢……既然這樣，也罷。」

在一行人之中，櫂人原本移動速度就最慢。就這樣一直滑行也不錯——他如此心想放棄了抵抗。應該說，他也沒辦法停下。櫂人把心一橫，將雙手環抱在胸前。

他用這個姿勢，就這樣順暢地向下滑。

不久後，地面回復平坦。即使如此，櫂人的行進速度仍然沒有衰減。他還是在乳白色的天空下朝前方猛衝。然而在一處勾到某物後，那種勢如破竹的進擊停了下來。

「嗯？是什麼？」

櫂人瞇起雙眼，簡直像是被無數透明的手拖住似的。

他伸出手，確認阻止自己之物的真面目。狀似鐵絲的極細植物，成束地纏在手指上。一根根純白色藤蔓上面，甚至長著像綿毛的毬形花。

權人瞇起眼睛朝四周張望。看樣子這東西似乎布滿在這一帶。

他拉動藤蔓。權人越是移動手臂，那東西就越是沒完沒了地延伸，完全感覺不出它有中途停止或是會斷掉的感覺。這玩意兒似乎遠比他料想的還要長，而且又堅固。

（本來應該連生物都無法呼吸的地方會有植物？這是怎麼一回事？……『第一架』沒有勾到這個嗎？）

雖然對矛盾的存在感到不解，權人仍是再次確認刻劃在冰上面的痕跡。「第一架」的削痕在藤蔓前方中斷，接著出現一個有如打入鐵樁的深洞，同時再次向前延伸。看樣子它似乎是在撞上去前察覺到藤蔓，所以跳躍避了過去。而另一方面，權人則是完完全全地中了招。

他雙臂環胸，歪頭露出困惑表情。

「這個藤蔓是啥？嗯，如果說是植物的話，我是有想起一種東西就是了。」

「還以為是哪個傢伙中了陷阱，結果過來一看……想不到『世界的盡頭』居然會有人類。意思是被找來此處的人，果然不是只有吾等嗎……閣下是何人？報上名來！」

「咦？」

低沉聲音突然響起，權人瞪大眼睛。然而，他並不是對對方聲音中滲出的敵意產生反應。權人的臉上不是浮現緊張與警戒，而是含有親切之意的驚訝。

「該不會是……」

他記得自己聽過這個聲音，權人連忙環視四周。

他注意到腰際上掛著劍的一行人。漸漸接近的士兵們穿著朱紅色鎧甲。使用鱗片與皮革的裝扮依舊可以感受到獨特的美學。然而，現在除了胸甲以外，上面還覆蓋著——基於自古流傳下來的風俗——以同伴毛皮製成的禦寒衣物。正如所料，厚實兜帽內側有著造型不同於人類的精悍臉龐。

是有著紅毛狼頭部的獸人，跟在他後方的部下櫂人也有印象。

櫂人差點滑倒，卻還是勉強站了起來。他毫無防備地呼喚狼頭獸人。

「琉特！」

「嗯？為何會知道吾名……閣、閣下是！」

薇雅媞．烏拉．荷斯托拉斯特私兵團，第一班班長琉特吃驚地停下腳步。

櫂人總算恍然大悟。在冰之世界也不會枯萎的植物，是獸人們帶來之物。他們似乎是布下藤蔓代替警戒網。獸人們不擅長魔術，因此發展出獨特的技術作為替代之用。像是利用同伴屍骸的武具，或是製造魔道具，以及在沒有土壤的屋內也能繁殖的植物等等。就算已經開發出耐寒品種也不足為奇。

總而言之，能在獸人之中遇見熟人讓他感到心安。好久不見——他打算悠哉地開口搭話。然而就在此時，櫂人猛然回神把話吞了回去。

（不不不不，好久不見……這不是可以堂堂正正說出這種話的情況吧。）

對琉特而言，這是櫂人被貞德強行帶走後的初次重逢。在那之後情勢一再轉變，他周遭的人物關係圖真的已經變得難以說明了。

更重要的是，這裡是「世界的盡頭」。

本來只有被告知位置之人，才能抵達此處。

（為何琉特他們會在這裡，理由不明。）

依據其目的，櫂人十分有可能被視為敵人。就算不是如此，他現在登場的方式也太怪異了。觸發警戒網後的重逢，只能說是糟糕至極。

櫂人抱住頭，不由自主感到頭痛。

（至、至少想在稍微容易說明一點的狀況下重逢……呃，咦咦！）

「哈——哈哈哈哈！櫂人大人，您平安無事吶！」

櫂人的擔憂被用力吹跑了。豪爽地大笑後，琉特毫不遲疑地緊緊擁住櫂人。他被壯碩的粗大手臂牢牢地固定。是用力過猛嗎？琉特一邊把櫂人甩來甩去，一邊打從心底發出開心的聲音。

「平安無事，太好了平安無事！喂，大家也開心吧，是櫂人大人。他平安無事呢！」

把櫂人放到地面上後，琉特啪的一聲親近地拍打他的背部。櫂人頭昏眼花，差點整個人栽向前方跌倒。就在此時，琉特的部下們蜂湧而至。

櫂人陸續被戴著手套的粗獷手掌要求握手。

「好懷念！正如隊長所說，您平安無事真是太好了！」

「看起來挺有精神的，值得欣喜呢。」

「吾等一同，都很擔心您喔。」

「啊，嗯嗯，謝謝。好久不見。」

雖然感到困惑，櫂人仍是回應過分率直的歡迎。同時，他心裡的一部分也極冷淡地持續分析著獸人們的反應。然而令人吃驚的是，連一道懷疑的眼神都沒有。

（哎……如此率直地歡迎我好嗎？）

櫂人不由得大吃一驚，同時他也很強烈地體會到一件事。

琉特云，獸人本來就是遠比人類還要尊崇恩義的種族。

看樣子那並非虛言，而是事實。

＊＊＊

不久後，慶祝平安無事的話語，以及歡迎的握手告一段落。現場被和睦的氣氛包圍。太好了太好了——琉特滿足地點頭。然而，就在此時他終於露出困惑表情。

「嗯？不過，為何櫂人大人會在『世界的盡頭』呢？」

「想不到直到此時此刻前你都沒懷疑過呢。」

「話說回來，您被那個不祥的黃金女人帶走後，究竟是怎樣了呢……」

琉特正式地開始把疑問化為話語。櫂人點點頭。即使身在握手與打招呼的風暴裡，他仍是勉強整理好腦袋裡的情報。櫂人張開口，試圖說明來龍去脈。

「我說琉特啊。請你務必不要吃驚，聽我說。在那之後，我——」

就在此時，喀啦喀啦削去冰塊的聲音從遠方接近而來。

時機實在是惡劣至極。櫂人心想不妙望向後方，可是已經太遲了。

純白山丘上出現其他顏色。銀與黑，還有金色特別強烈地射向眼睛。

由扭曲的銀色機械負責走在前面，身穿暴露黑色緊縛風洋裝的女孩與女傭並肩奔馳，穿著貴族風服裝的男人稍微拉開一些距離地飄浮著。幾乎只是皮帶、一副白色緊縛風洋裝打扮的女孩悠然地奔馳在他們身旁。

（從遠方一看，這個集團還真是毫無統一性啊。）

「沒事吧，櫂人！剛才果然是余不小心呢！如果你就這樣死掉，余可是會很困擾的喔！別說是作夢，就連醒過來後的感覺都會變差，誰受得了啊！」

「平安無事嗎啊啊啊啊啊啊！櫂人大人啊啊啊啊啊啊啊，您平安無事呢——————！如果沒有平安無事，小雛我會立刻追隨在後的喔——————！」

「真是讓人費心的男人。【這副德性會有新娘可真是奇蹟】。」

『我的意見也一樣。等一下喔……新娘？試著想一下的話，意思是【吾之後繼者(My Dear)】與我製造的機械人偶互相發誓永遠廝守嗎？跟人偶談情說愛雖然愚蠢至極，不過就算對象是人感覺也差不多。因為愛雖然適合作為一時的享樂而沉溺其中，卻不是足以束縛一世的錯覺啊。不論對象是人或是人偶都一樣。重點不在這裡，那個人偶是我的製造物……換言之，可以說他名符其實地成為了我的兒子嗎？』

每個人還是一樣想說什麼就說什麼。在沒有雜音的世界裡，這些聲音很響亮。特別是弗拉德的那一句話，櫂人想要全力地表示異議。然而，現在不是這樣做的時候。

（——不妙！）

獸人們的眼睛停留在身穿白色暴露束縛風洋裝的女孩——蜜色頭髮與金色飾品發出光輝、黃金的「拷問姬」貞德・德・雷——身上。從外套裡延伸出來的尾巴一起炸毛，獸人們將手伸向武器，擺出警戒狀態。

看到這副光景後，伊莉莎白緊急停下。她表情嚴肅起伸出單手，抓住小雛的衣領。小雛亂動著發現櫂人正要朝前方猛衝的腳。

「這是在做什麼呢，伊莉莎白大人？櫂人大人就在眼前喔，伊莉莎白大人。我唯一要做的事情就是向前進去心愛的丈夫身邊啊，伊莉莎白大人！」

「冷靜吧，仔細看看櫂人周圍。獸人們也在……原來如此，意思是踩中了平常會布在野營地周圍的警戒網嗎。哎，罷了……只不過，我們會合的似乎有點太早，又太遲了呢。」

看樣子只瞥了一眼，伊莉莎白察覺到狀況了。

在地下陵寢時，櫂人跟伊莉莎白說過逃亡中發生的事。這也就是說，她知道金色拷問姬──將櫂人帶出獸人之國時──讓琉特等人身負重傷的事實。然而說到貞德本人，卻是用現在進行式擺出一副事不關己的表情。

（貞德・德・雷是虐待奴隸的聖女賤貨……而且自稱是救世少女。）

據貞德所云，不造人業就無法進行救世。她比神跟惡魔還要傲慢，恐怕她對於自己認定是「尊貴犧牲」的人們不會感到內疚吧。

實際上有如要證明這件事似的，貞德對獸人們說出柔和又刻薄的低喃。

「哎呀，好久不見。想不到你們如此有精神，真是太好了。【狗狗們都很堅固呢】。」

「──────備戰！」

琉特灌注怒意大吼，拔刀聲起此彼落互相疊合，弓也被拉緊。

（這樣下去會演變成戰鬥。如此一來，一切就都白費了。）

能阻止此事的人唯有自己──櫂人立刻做出決定，他縱身躍至獸人們前方張開雙臂。

「請等一下，貞德她確實是個胡作非為的怪傢伙，但她並不是敵人！」

「覺得自己被狠狠地瞧不起了。【哎，胡作非為跟怪傢伙我不否定就是了！】」

「是衝昏頭了嗎，櫂人大人！居然袒護殘酷地殺害吾等同胞，毫無慈悲地傷害他們的人……可惡，是洗腦嗎！不，還是說打從最初就是同伙呢……雖然不想這樣想就是了。」

琉特無視貞德的戲謔話語，喀啦喀啦地讓牙齒互咬。櫂人感謝他的理智。如果沒有這種猶豫的話，箭矢已經放出來了吧。

應該怎麼做才能打開僵局呢？櫂人拚命動著腦筋。

結果，他將自己認為是最適當解答的一張牌打向獸人們那邊。

「那個黃金女孩……貞德．德．雷不是虐殺眾多村子的犯人！」

「──您說什麼？」

正如櫂人所想，琉特表現出動搖的表情。果然如此──櫂人撫胸鬆了一口氣。他們身為武人，比起自己等人被弄傷的事實，更重視人民受到的犧牲。

如此一來，可以視為再次出現解釋與交涉的餘地吧。

為了讓自己與對方兩者都冷靜下來，櫂人刻意緩緩說道：

「請務必聽我說。現在，我跟那傢伙一起行動。這也是為了阻止你們所追捕的虐殺犯的最終目的……只要琉特不介意，我想好好說明至今為止的來龍去脈。有地方可以靜下來談話嗎？」

獸人們設置了野營地，櫂人已經掌握了這個事實。然而，他刻意裝作不知情如此提問。

反應很遲緩，琉特與部下們似乎也在躊躇。

（還需要再推一把。想想吧，以我的裁量權可以把情報公開到何種地步？）

櫂人腦海裡陸續閃過耳聞的凶惡真相。每一項都是有可能會從根底動搖現今人類社會的炸彈級情報。隨便說出口的話，就有可能讓國際情勢為之一變。然而，能用來思考的時間不多。即使如此，櫂人仍然重複著最大限度的深思。

（在這裡跟琉特他們決裂實在是太不利了。）

不曉得「世界的盡頭」有什麼東西。然而，既然「肉販」把櫂人他們找到此處，就可以確定這是重要的地方。可是，他們這一路上的準備與人手都不足，也沒有據點。

（獸人們的協助是必要且不可或缺之物。畢竟——斷了與琉特之間的這條線，就是自動地喪失與薇雅媞．烏拉．荷斯托拉斯特的緣分。）

如今，櫂人他們挑上了教會這個巨大的權力組織。能當後盾的勢力是不可或缺之物。是否還會有機會與獸人交涉不得而知。在最糟糕的情況下，在那之前世界就會滅亡吧。

（想避開人類與獸人起爭執的情勢。不過，有必要跟獸人共同擁有、並且維持同伴意識。）

如此心想後，櫂人握緊拳頭。做好覺悟後，他張開嘴巴。

就這樣，櫂人從最重要的手牌裡打出一張牌。

他將對人類而言很危險的一張牌，滑上牌桌。

「關於教會隱瞞的真相，我有話想說。」

這一句話足以暗示獸人虐殺事件背後，存在著與教會有關的陰謀。

琉特兜帽下的耳朵倏地一震。他有如在打量般，目不轉睛地望著權人。

權人默默無語，回應金眸的逼視。與過去相比，兩者的立場出現逆轉。如今，隱瞞情報卻還是要求協助的是權人這一方。他有所自覺，明白自身的行動很利己。

（然而，我們的目標應該也能幫上琉特他們才對。）

權人有著不讓世界終結的信念。正是因為如此，他沒有錯開視線。

兩人彼此凝視，就跟初次見面時一樣。

不久後，琉特閉上眼皮，然後再睜開。他似乎下了某種決心，將單臂平伸。

權人肩膀倏地一震。然而，他並沒有試圖逃開箭矢，甚至沒擺出反擊或是防禦的姿勢。琉特目不轉睛地盯著這副模樣，最後輕輕將掌心朝向下方。

部下們一起放下弓與劍。他們解除了警戒狀態。

權人鬆了一口氣。由於過於急速地解除緊張感之故，他的膝蓋開始難看地發抖。眺望權人的模樣後，琉特瞇起眼睛。他將掌心放上自己的朱紅色護胸。

然後，琉特恭敬地告知權人一句話。

「這是第二次了呢。有請了，人類公敵。」

＊＊＊

以石頭組成的爐子裡，火焰紅紅地燃燒著。

在被雪與冰封閉的世界裡，甚至可以說熱與光是令人感動的存在。

如今火焰上放了鐵鍋，裡面則是掬了一大把雪。雪塊緩緩融化，化為幾乎不含雜質的水。小雛將花瓣切碎放入鍋內。水沸騰染上鮮艷的橘色後，她在澀味跑出來前撈掉花瓣。接著，小雛將乾燥水果削成薄片一一放入，琉特的部下灰色狼獸人在她身邊擺放器皿。

一步步地備茶之際，琉特與櫂人，還有伊莉莎白圍成一圈坐著。

他們在獸人們的野營地——其中一棟移動式房屋裡——休息。

抬頭仰望，可以看見天花板內側有著像是傘架的外形。為了讓每個人都有辦法組裝，小屋材料使用了事先組合好的木材與獸皮。在圓形地板上面鋪板子後，再蓋上兩層以多種獸毛編織而成的地墊。伊莉莎白云，這是從卓越魔術師們的遺體上剝下毛皮，再編入防寒氣紋樣的物品。

大概是在整體加上類似的機關，小屋暖和得令人吃驚。

權人他們無需煩惱寒冷，盤坐著談話。

「所以，我們暫時回到伊莉莎白的城堡。然而，『肉販』已經……」

權人一邊對琉特說著話，一邊微微瞄向旁邊。

貞德在許多人的監視下，抱住膝蓋輕巧地坐在房間角落。腰際那些會妨礙到坐姿的飾物消失。然而也因為這樣，她的下半身幾乎變成接近裸體的狀態。如果不是獸人，監視者也會不曉得該把視線放在哪裡吧。當初預定是要將她關在其他小房間，卻因為貞德的一句話而變更。

『如果你們表示空有形式地將我關起來就會滿意，那就請便吧。不過，【讓小嘍囉負責監視就會覺得啊「這下子就能放心了」的話，那你們這群傢伙就是蠢到極點。這樣可是撐不久的喔】。』

她的話語大大惹惱獸人們，卻也言之有理。

就算把貞德關起來也毫無意義，只能以毒攻毒。能與「拷問姬」為敵的人，也只有「拷問姬」吧。話雖如此，也不能再惹怒獸人。

被大家告知什麼話都不要講後，結果貞德如今一直保持沉默。權人有如順便似的，也消去了弗拉德的幻影。他忽然想起這樣做之前，對方曾如此訴說。

『等一下，【吾之後繼者（My Dear）】。連我都一起消除，這樣做果然很沒道理不是嗎？她跟我雖然都態度囂張，卻是不同的個體。嗯？「忘記之前自己在獸人村莊說過的話嗎？」真是的，連那種程度的俏皮話都無法享受，還真是可嘆呢。不過，好吧。反正我是死人，又是打從平常就容易被忽視的立場。』

（如今一想，那不是在說自己可以接受，而是在損我吧？哎，也罷。）

櫂人再次集中精神，向琉特說明事情的經過。

話總算談到他們造訪「世界的盡頭」的理由。

「……所以，事情就是這樣，我們飛來了這個地方。」

「原、原來如此……哎，一下子教人難以置信呢。」

琉特窮於回答，一邊輕撫自己的下巴。他不知是否該接受情報。

櫂人也明白這種困惑，畢竟這件事徹頭徹尾地沒有現實感。

（沒有實際體驗的話，就沒辦法輕易接受呢。）

得到伊莉莎白的贊同後，櫂人幾乎將所有情報公開給琉特。

櫂人也是一邊述說，一邊產生自己牛皮越吹越大的感覺。即使如此，他仍然毫無停滯地告知真相。只是關於獸人虐殺犯這件事，他針對教會內部狂信派閥趁哥多·德歐斯死後一躍成為主流，並且失控這一點加以強調，並且主張他們的願望與人類的意願相左。又加上個人意見，認為應該將對方與惡魔契約者同樣視為世界共通的敵人。

（如果獸人們將此事視為「人類幹的好事」並且選擇報復，那就算避開世界重整，黑暗時代也會來臨。人類與獸人，雙方都會出現許多死傷者吧。）

面對櫂人的要求，琉特避免給予明確的回答。就他的立場考量，這是理所當然的反應。就算得知真凶的真面目，琉特也沒有權利選擇報復。這一切都要交由薇雅媞，以及她對眾皇族公開情報後他們的判斷。

（薇雅媞是愛好和平，希望人民安寧的賢狼。）

櫂人想要相信她不是會進行報復戰之人。在他前方，琉特的表情漸漸變得不滿。他露出的表情，就像吃到了就算用獸人利齒也咬不斷的肉。

「嗯，王族地下陵寢沉眠著最初的惡魔，聖女的真相，仍然活著的使徒……簡直像是傳說或是童話。」

「嗯，雖然是我說的，但我自己也這樣覺得。」

「如果不是在此地聽聞，我會斷定這是胡扯吧。」

「如果不是在此地嗎……也就是說，你肯相信嗎？」

「嗯，不由得我不信。其實啊，櫂人大人。有一名謎樣人物，突然將前往此地──『世界的盡頭』的方式給了吾等。」

櫂人忽然想起勾中藤蔓警戒網時，琉特說出口的話語。當時雖對意料之外的重逢感到驚愕，櫂人仍是確實地聽到了他的話語。

（當時，琉特是這樣說的。）

『想不到【世界的盡頭】居然會有人類。意思是被找來此處的人，果然不是只有吾等嗎？』

「你們是被『找來的』……是吧？」

「正是如此。先過目實物比較快吧，請看這邊。」

琉特從堆積在後方的行李中取出一張紙。接過那張紙後，櫂人盯著它眺望。隔壁的伊莉莎白也探頭望向這邊。兩人同樣都皺起眉心。

「這是……」

「……唔。」

在紙的左半邊，魔術文字藉由藍墨水複雜地連在一起。那是介入移動陣的術式。它極為混沌，就連對魔術還很生疏的櫂人都能夠判斷它很異常。

而且，櫂人想起以前「總裁」交過來的信。

（當時只能使用一次，術式就連同紙一起融化消失了。）

另一方面，這張紙在琉特等人轉移後仍然保持著形態。櫂人一邊因為超越理解的構造感到恐懼，一邊將視線移向紙的右邊。那兒排列著用圓潤筆跡書寫的文字。

『不論是起始或是過程跟終結，均在神的掌握之中。

欲否定此言，便前往【世界的盡頭】。

公平地給予所有種族權利吧。』

有點讓人聯想到詩句的呼籲，在最後面添加了可以說很不適合信件氛圍的圖畫。

巨大的肉骨頭登愣——地畫在上面。

「……唔，是『肉販』的信啊。」

「嗯，無疑是『肉販』的信。」

「從這種程度的情報量居然也能斷言……果然厲害。」

琉特率直地發出稱讚話語。其實，權人只用肉骨頭這張圖就做出判斷，然而這一點還是少說為妙。權人用嚴肅表情將信還給他。

再次眺望字句後，琉特瞇起眼睛。

「看見內容時，我還覺得這究竟是什麼惡作劇。不過，要如此捨棄這封信卻是不可能的事。畢竟它送達的狀況實在是太脫離常軌了。」

據說這封信被送至薇雅媞的第三座行宮。

在貞德急襲之後，她就改變住所增加警備。然而位置不但被發現，而且還有入侵者穿越警戒網進入薇雅媞的寢室。

是一頭小型的龍。將信放在她枕邊後，牠就啪噠啪噠地振翅離去了。

記述在紙面上的術式，立刻藉由獸人內少見的魔術師之手進行分析。結果查出那上面記錄著未知的座標。

私兵團中仍有許多人尚未治好貞德造成的傷勢。

因此，薇雅媞選擇天生就具有高度恢復力，而且忠誠心也很高的琉特，以及他的部下們集中接受治療。同時，她派遣斥候前往當地，並且命他報告情報。

私兵團總隊以取得的情資為基礎，依據環境進行準備，然後轉移至該處。

實際上造訪現場後，琉特等人就察覺到這個地方是何地。獸人們對聖女與神的信仰心很薄弱。然而，他們果然還是有掌握到那個傳說。

世上有一處由神明訂定為「世界的盡頭」的地方。那兒是由雪和冰，風與魔力構成的清淨之地。只有被允許得知位置之人才能抵達那個場所。

「從方才櫂人大人所言，可以理解這文章的前半段──『不論是起始或是過程跟終結，均在神的掌握之中。欲否定此言』恐怕指的就是避免世界重整。然而被給予的『權利』是什麼呢……寄信之人要吾等為此追尋何物，果然還是不得而知。」

「確實如此……『肉販』要對所有種族提出什麼訴求呢？」

「其實整備好野營地，布下警戒網雖佳，吾等卻不知接下來該如何是好而感到迷惘中。光靠這封信的話，完全摸不著頭緒。」

如此說道後，琉特搔搔頭。看樣子對他而言，遇見櫂人他們也是及時雨。對話一時中斷，櫂人與琉特雙手環胸，伊莉莎白開始沉思，房內充滿沉默。就在此時，現場傳出開朗的聲音。

「久等了，完成了。請各位趁溫熱時飲用！」

小雛踩著跳舞般的腳步把茶端過來。用權人那個世界的風格來形容的話，那副笑容產生了令人神清氣爽的功效。權人與琉特道謝後，將茶杯接至手中。

權人品嚐了半晌含有果實酸味、有如蜂蜜般甘甜的味道。然而，伊莉莎白卻沒有伸手接下茶杯。不久後，她喃喃低語。

「『不論是起始或是過程跟終結，均在神的掌握之中。欲否定此言，便前往【世界的盡頭】。公平地給予所有種族權利吧。』……如果『所有種族』這句話語可以相信的話，雖然不曉得轉移至哪個座標，不過亞人種應該也有被找來這裡才對。然後，至於『不論是起始或是過程跟終結，均在神的掌握之中。欲否定此言』這句話嘛……」

「也就是說？」

「恐怕這裡有『某種東西』可以妨礙神進行世界重整。」

伊莉莎白似乎已經知道這個答案了，權人也猛然瞪大眼睛。他因為衝擊而弄掉茶杯。在茶灑出來前，小雛從旁邊伸出手將其抓住。

「沒事吧？茶連一滴都沒有濺到心愛的權人大人的腳上喲！」

「啊，嗯，我沒事。不好意思，謝謝。」

權人心不在焉地道謝。他有如突然發作似的望向貞德，依舊面無表情的黃金女孩微微扭曲唇瓣。她有如肯定這個想法似的點點頭，伊莉莎白低聲繼續說道：

「那玩意兒是什麼，余只想到一個答案。」

「————嗯，我也是。」

櫂人簡短地表示同意。然而，他把說出那個答案的使命讓給了伊莉莎白。

是什麼呢——琉特將身軀探向前方。伊莉莎白再次嚴肅地開了口。

「這裡啊————」

「嗯，有聖女大人在。」

現場響起銀鈴鳴響般令人憐愛的聲音。

聚集於此地的每一個人都不認識的人物如此低喃。

＊＊＊

不知不覺間，櫂人身邊坐了一名從頭到腳披著緋紅色布塊的嬌小人物。

那塊長布直達地板，有如薔薇花瓣般擴散。雖然被半隱藏在那塊布裡面，她仍是穿著打上金邊的同色法衣。恐怕是教會的相關人士吧。

而且最應該感到驚嘆的是，衣服所包裹之人。

突然出現的入侵者，是連十歲都還不到的幼小少女。

她擁有純樸的亞麻色頭髮，以及清澈到不可思議的琥珀色眼眸。修得又齊又短的頭髮很適合端整的五官。這副外貌十分有資格稱作美少女。然而，卻有某個地方——

（有某個地方——致命性地出現破損。）

不管從什麼角度看，她都只是有著純樸甜美感的少女。然而，櫂人卻無法抹去自己產生的奇妙印象。其他成員似乎也一樣。另外，打從少女在誰也沒有發現的情況下出現的那一刻起，就可以確定她不是普通人物。

一名少女的入侵，讓現場漸漸緊繃。

琉特與部下們把手放上劍。然而，無論是要砍殺或是逼問，對手都太幼小了。他們的眼瞳浮現困惑，只有小雛迅速地站到守護櫂人的位置進入戰鬥狀態。貞德眨了眨薔薇色的眼瞳。

伊莉莎白盤坐在地，用手肘靠在腿上撐住臉頰。她沒有隱藏不悅感地低喃：

「果然如此。就是因為這樣，妳才會出現。」

「嗯，正是如此。好久不見了呢，伊莉莎白·雷·法紐。上次見面時的事我還記得喔。就算妳知道我的名字，卻一點也不懂我的角色有多重要呢。無知的羊兒變得了不起了。事情走到這個地步，就不能小看妳了。」

少女開心地咯咯輕笑，伊莉莎白眉頭更加緊鎖。櫂人歪頭露出困惑表情，看樣子兩人是

舊識。然而，似乎很難說感情不錯。

（這個少女究竟是誰，是何方神聖呢？）

就在櫂人打算要把疑惑說出口時。

伊莉莎白維持最大限度的不悅臉龐，就這樣有如撂下話語般接著說道：

「那麼，離開王都過來這裡好嗎————『守墓人』啊？」

fremdtorturchen

5 守墓人的狂信

「不用問我，這樣當然是壞事喔。不過，有時候也很無奈呢。我是侍奉聖母大人與神明之身。地下陵寢的封印被解開，末日也近在眼前。在那之後，不論是生者或是亡者都只有回歸灰燼一途。既然如此，如果是為了守護王族遺骸這種塵埃的話，只要分派極少數的人馬就夠了喔。特別是我還有其他非扮演不可的角色呢。」

少女宛如歌詠般流暢地述說，她忽然起身。

少女搖曳緋紅色長布，以像是歌劇的口吻接著說道：

「吾既是『守墓人』，也是『傳達者』。是吹響末日喇叭，高聲呼喚羊兒之人——『看吧，如今那人清醒了。能在眼前目睹奇蹟的信徒很幸福。』」

櫂人瞇起眼睛。她的台詞異樣地冗長。然而從身為教會相關人士，而且還是狂信者這一點判斷，其內容本身並不怎麼奇異。只不過，由外表年齡只有十歲左右的少女編織出這番話語的事實又另當別論了。而且最大的問題在於她的稱呼。

「————『守墓人』？」

櫂人回想在地下陵寢見到的光景。

在扭曲的小孩房裡面，活生生的人類被利用來進行痛苦的撫慰。在其門前，有著讓神聖生物吃下惡魔之肉，再把人類當成材料加進去創造出來的怪物。

準備這一切的人正是「守墓人」。

因此，櫂人確定「守墓人」是沒有最低限度的倫理觀，甚至連理智都沒有的存在。然而眼前這名少女不管怎麼看，都保有正常的精神。這個事實令櫂人感到戰慄。

（意思是「有理智」的人製造出——有辦法製造出那幅光景嗎？）

櫂人推論那是徹底瘋狂之人的行徑，然而現實卻比那個推論還要恐怖幾十倍。

在那瞬間，空氣咻的一聲發出聲響遭到割斷。

櫂人連忙抬起臉龐。定睛一望，琉特揮落的劍緊緊地停靠在守墓人的額頭上。那東西有可能會隨時砍破她的頭顱。然而，「守墓人」卻只是沉穩地重複眨著眼睛。琉特用灌注憎惡的聲音詢問她。

「教會的腐肉找吾等何事？」

「真令人失望呢。之前明明待你們如此寬大，這種態度還真是讓人嘆氣。該不會是忘了第三次和平協定了？你們原本可是不可原諒的異端者喔。不過，獸人不是吾等之民，也不是人類。因此教會原諒了身為大罪人的你們，至今為止你們也都一直當著良善的鄰居。啊啊，然而卻！然而卻做出粗暴之舉啊！」

「少給我裝瘋賣傻！妳這小姑娘！」

琉特大吼，成形移動式房屋牆壁的獸皮因振動而微微發震。

糴人在手心捏一把冷汗，確認他的劍尖。幸好「守墓人」的頭部還沒有被割開。琉特發揮驚異的理智，將劍停在原處。

「你們對吾等人民做出的行為——虐殺的真相我都聽聞了！吾等是遠比人類還要尊崇恩義的種族！因為友人也有美言之故，所以我並沒有將人類稱之為惡的想法！不過，面對背叛就要以牙還牙！如果妳就是『守墓人』的話，別以為自己可以活著回去！」

「————為何？」

「啥？」

「區區第二皇女的私兵，有何權利對吾這名『守墓人』大吼？」

現場響起可怕的冷徹聲音，少女將清澈的空洞眼眸望向琉特。

她變臉的模樣令糴人倒抽一口涼氣。伊莉莎白輕輕發出冷哼，貞德聳聳肩，當事人琉特與糴人一樣浮現驚愕表情。

「守墓人」奇妙地用古風口吻，淡淡地繼續說話。

「你這種貨色沒有權利用這種口吻說話吧。虐殺的證據何在？該不會覺得惡魔契約者跟『拷問姬』的證詞具有效力吧？太嫩了喔，小鬼。」

「——唔，為何非得被妳當成小童看待？」

「這就只是因為你是一隻不成熟的狗喔。教你一件事吧，想對本『守墓人』刀劍相向，最好再編更像樣一點的理由喔。如果是薇雅媞的話，就會這樣做吧。」
「你是薇雅媞．烏拉．荷斯托拉斯特大人的誰？」
「而且到了這個節骨眼，沒人命令就不曉得怎麼做嗎？真是呆子，可以退下了。」
「——咕！」
「吾叫你退下！」
「守墓人」的傲慢令琉特扭曲臉龐。他屈辱地顫抖手。「守墓人」的額頭出現傷痕，鮮血流下。即使如此，她仍然絲毫沒有移動，然後又用不同的語調編織話語。
「唔，如果你說無論如何都想切下這顆頭的話……這樣很不錯不是嗎！三王要由誰來負起責任，這點也令人期待啊！放心吧，所謂的重整就是最大的懺悔，無論犯下何種大罪最後都會被原諒，是壓倒性的消滅儀式！在那之前種族之間繼續互相殘殺也是一樂！的確，在末日之前，大家都應該思考『死亡』吧！」
這次她宛如青年般浮現爽朗笑容，櫂人愕然地思考。
（這傢伙究竟是怎樣？）
與貞德相比，「守墓人」的言行又有著不同的異質感。簡直像是有好幾個人混雜在一起似的沒有統合感。
琉特的劍尖微微顫抖，鮮血流落至「守墓人」的唇瓣。即使如此，她的微笑仍然不變。琉特緊咬牙根，高高揮起劍。

「呼！」

「住手，琉特！」

權人發出制止聲。「殺害守墓人」可能成為致命性的對立火種。然而，琉特也沒有停下刀刃，就這樣直直還刀入鞘，重重地盤坐在毛皮上面。

權人撫胸鬆了一口氣。在他前方，「守墓人」伸舌舔去自己的血。有如貓兒般把舌頭可以抵達的範圍清乾淨後，她張開唇瓣。

「嗯，不錯呢。教會對鄰居可是很寬大的，不會追究你這次的無禮之舉喔。」

（臉皮厚也要有個限度。）

權人如此心想皺起眉心，琉特也激烈地扭曲臉龐。然而，就在此時他有如回神似的環視四周。他的部下們也朝「守墓人」釋放殺氣。他們有可能隨時會撲向她，咬裂她的咽喉。琉特做了一個深呼吸，然後吐氣。

他下定了某個決心。然後，琉特朝「守墓人」深深低下頭。

「感謝您寬大的心胸。」

部下們一起咬緊牙根。既然隊長謝罪，他們就無法採取糟蹋此舉的行動。所有人都硬是收起怒火。然而，琉特卻有如低吼似的接著說道：

「不過，希望您務必不要忘卻。這裡是『世界的盡頭』，不是任何一個種族的領地。大家既然都在追尋相同的事物，就總有一天會引發爭執吧。戰場是會發生意外的地方。就算是位高權重之人，也無法保證絕對安全，請您小心喔，因為脖子也有可能被不曉得打哪來的無禮之徒射出的冷箭射中。」

「嗯，我『守墓人』——老早便知道此事了喔。嗯，我也有見過吶。所謂的戰場，就是這種地方。任何人都平等地擁有加入死者行列的可能性與權利。死者會成就圓滿與骷髏共舞，等待萬物都在神明掌心裡被消滅的那一天。這是何等安穩，而且歡喜呀！然而，這裡還不是戰場——我『守墓人』也只是使者而已喔。」

「守墓人」輕輕將掌心壓向自己的胸口。

然後，她總算浮現可以說是符合年紀的天真微笑。

「來談話吧！就像神之創造物，都能和平又充滿田園氣息地互相理解般。」

＊＊＊

「…………妳說談話？」

櫂人愕然地低喃，「守墓人」的提議本身並沒有什麼異常。正是因為如此，也有著致命性的瘋狂。畢竟兩者的目的與思想實在是差太多了。

貞德與櫂人他們要守護現在的世界，並且試圖維持它。這就是他們的救世。

包含「守墓人」在內的狂信者們，打算進行世界重整。這就是他們的救世。

大多數鬥爭之中都存在著某種妥協點。然而，這裡面卻沒有。

兩者的目的之間橫跨著不可能互相靠近、又深又寬的代溝。

在這種狀況下，究竟是要談些什麼呢？

「不可能。妳也是知道的吧，『守墓人』啊。不論說多少次，都只是浪費時間。」

「哎呀，被如此斷言了呢。好寂寞喔。」

「你們支持重整，吾等則是渴望生存。這是世界滅亡，或是不滅亡的二選一喔。這裡面沒有妥協的餘地——這是很罕見的、完完全全的完美鬥爭。」

伊莉莎白說出跟櫂人一樣的想法。

她維持著盤坐將手肘靠在腿上撐著臉頰的姿勢，就這樣冷淡地撂下話語。

「吾等無法互相理解——既然如此，就只能有一方去死。」

「哎呀，也不是這樣子的喔。還是有商量的餘地呢，伊莉莎白・雷・法紐。特別是妳，只有妳沒必要希望世界繼續維持下去。」

如此說道後，「守墓人」露出微笑。伊莉莎白不悅地揚起單眉。

櫂人自然而然地察覺到「守墓人」想要表達的話語。

（伊莉莎白有著身受火刑的命運。確實，世界要毀滅或是繼續維持下去都跟她無關……

不過，等一下喔。如果防止世界重整，將教會的扭曲曝露在光天化日之下，她不就有希望減刑了嗎？）

事到如今，櫂人才察覺到這個可能性。然而，「守墓人」立刻把話接了下去。

「如果沒進行世界重整，你們也借用薇雅媞・烏拉・荷斯托拉斯特的叡智彈劾了教會好了。內部會進行許多肅清喔。哥多・德歐斯的那群穩健派會再次取回權利。即使如此，初始惡魔的存在還是不會被公開，事實也會遭到隱蔽——就算要打賭也行。你們跟薇雅媞都會選擇沉默喔。」

「守墓人」如此斷言，伊莉莎白沒有回應。哪有這種蠢事——櫂人正要衝口而出，卻也停了下來。

的確，正如「守墓人」所言。

（沒錯……我不會說，伊莉莎白也是如此吧。）

說出來的話，究竟會發生什麼情況呢。

初始惡魔的存在一旦公布，世界就會被推入混亂之中。大大普及的宗教從根底遭到破壞，就是如此嚴重的一件大事。教會相關人士，虔誠的信奉者，一部分的貴族，甚至連王族都會變成憎惡與疑心的對象。處刑與拷問的歷史會長久地持續下去。

民眾不著邊際的總體意志有時會毫不留情地殺人。會有幾個人被吊死，或是人頭落地呢？

如今，與惡魔之間的鬥爭讓經濟遭受到深刻的打擊。如果再失去指導者，社會會陷入前所未有的混亂狀態吧。如果再加上飢荒跟瘟疫，會演變成怎樣的慘狀？

不難想像出這幅光景。既然如此，選項就只剩下一個。

就是「不說」。

「因此就算世界繼續維持下去，你們也無法成為英雄喔。隱瞞一切的不是別人，就是你們自己。因此拷問姬的下場也不會有所改變。」

（只要跟教會私下進行交易……不行，既然伊莉莎白自己不要求恩赦，民眾就會死纏爛打地要求處死「拷問姬」吧。）

羊群們停在火山口。接下來牠們會連這件事都不曉得，就這樣燒死自己的救世主。

櫂人握緊拳頭。既然如此，事情就是重整跟火刑哪邊要好一些了。

「跟我方才說的一樣，重整正是最大的懺悔。當一切消滅時，妳擁有的罪孽也會得到原諒喔。『神會有如妳的救世主般祈禱』——的時刻來臨了，這樣不是很好嗎？比起火刑，這種落幕方式更美麗吧。妳的努力終於能得到主的回報。」

「守墓人」有如祝福般微笑，櫂人同時強烈地受到某個疑問驅使。

（的確，「拷問姬」是大罪人。然而——）

民眾不曉得她成就的善舉，也不會尋求知道的方式。他們就是這種生物。民眾總是只聽自己想聽的事，只看自己想看的東西。

羊群原本便是蠢昧的存在，這一點沒錯。

（不過，這個真不是罪惡嗎？）

所謂的無知，不是應該被丟石頭的事嗎？他們的存在方式就是錯誤的不是嗎？既然如此，為了從根本改正這件事——重整不也是一種方式嗎？

「別想——你這大傻瓜！」

櫂人的夢想，被刀刃般銳利的聲音打碎。他猛然回神。

在櫂人面前，仍然撐著臉龐的伊莉莎白就這樣撂下話語。

「這種事前提就很奇怪了。決定要裁決余的人不是民眾，而是余。余打從一開始就不打算成為英雄。就算妳說重整比較輕鬆也不關余的事，甚至可以說剛好相反。」

伊莉莎白筆直地指向「守墓人」。她讓黑指甲發出光輝，開口低喃。

「說余之罪可以被原諒的人都要殺掉——就只是這樣喔。」

伊莉莎白濕黏地舔舐紅唇。嫣然一笑後，稀世大罪人接著說道：

「妳的說服造成了反效果。『守墓人』，速速去死吧。」

（伊莉莎白果然強大呢。）

櫂人如此心想體會到這件事。伊莉莎白的覺悟與決心只在她心中完結，他無法認可、也無法接受這種事。然而，不害怕死亡的態度值得驚嘆。再度冷靜下來思考的話，櫂人果然也反對重整這件事。

他不希望伊莉莎白身受火刑。然而，世上之人盡數滅絕的結局，他也找不到可以贊同的地方。將反正都會死的事實稱為救贖，只不過是詭辯罷了。

同時，櫂人也察覺到了那股違和感。「守墓人」這番話語的前提就不正常了。

（希望世界重整的人，大多數都相信「正確的信奉者會被留在世界上」。）

應該是這樣才對。然而，眼前的「守墓人」卻不一樣。

打從方才開始，她就是以所有人類滅亡為前提進行著話題。

「……這是，怎麼一回事？」

櫂人的唇瓣自然而然地掉落疑問，「守墓人」有如想說「怎樣了嗎？」似的歪歪頭。

櫂人直視幼小少女，半發作似的詢問。

「妳知道重整的結果，會造成所有生者都死亡的事嗎？」

「不是所有人喔，聖女大人會留下。」

「妳知道？那麼……妳為何支持重整？」

櫂人吐出衷心的疑惑。如果認為信仰到極致就能受到奇蹟的恩惠，自己也能因此殘存下來的話，那這種想法還在理解的範疇內。想要證明自己至今為止的虔誠與正當度的行為雖然扭曲，不過做為欲求是有可能存在的吧。

然而，如果明白連自己這群人都會歸於虛無的話。

（這種奉獻實在過於無益。）

不論是祈禱或是祈願，都將不會具有任何意義。如此一來，就連低喃一句「神啊」都無法傳達到祂耳中吧。誰都無法得救，指的就是這麼一回事。

「這種事根本無意義，而且很過分不是嗎？」

「————為何，祈禱要尋求結果呢？」

乾燥聲響有些不可思議地響起。

櫂人瞪大眼睛。在他驚愕之際，年幼少女做出斷言。

「這就是不敬。」

櫂人沒有繼續說下去，他不知道該說些什麼才好。然而，少女卻在此時忽然浮現微笑。她用出乎意料、真的很柔和的聲音低喃。

「嗯……是呢。異世界的人類無法理解也是沒辦法的事。我們掌握了世界的真相喔，因此有所確信。聖女大人與神明長年以來，其真意便是以世界重整為目標。既然如此，吾等的消滅也是值得欣喜之事。」

「妳在、說什麼……」

「『神如果說吾等有錯，那就沒錯』。」

「守墓人」莊重地斷言。她有如要教誨無知羊兒似的，沉穩地如此述說。

「下一個世界就是神之國度，應該會成為理想之地才對。這是一件很棒的事情呢。既然如此，聖女大人曾對吾等投注無償的愛情，如今我們唯一要做的事就是歸還那些愛情。『神的意志中有著祝福』、『奇蹟將要得到行使』、『那兒不需要吾等』。這才是所謂的信仰。」

櫂人感到毛骨悚然，琉特的尾巴也炸毛了。

事到如今，櫂人總算理解到那個事實。

（這傢伙正是貞德譬喻的，「只為了目睹奇蹟而飛身躍進火山口的牧羊人」嗎？）

同時，櫂人也在腦內反芻伊莎貝拉曾經說過的教會教義之必要性。

『即使如此，我仍是要斷定教會的教誨是很棒的事物。為了支持信仰而保持清淨之身，正確地活下去是尊貴的行為。人類很弱小，今後也必須需要東西信仰。』

這名少女沒將信仰當成需要支持之物，她才是親身支持著信仰，甚至沒將那些祈禱會傳到神明那邊當成前提。少女對神沒有任何要求。

不過，如果神叫她去死的話她就去死，就是這種愛。

櫂人張開顫抖的唇瓣。他就這樣心神動搖地提出詢問。

「為什麼妳會投向這種思想呢。妳明明還很年幼，卻如此地——」

「夠了，住口吧，櫂人。對『守墓人』這樣問很滑稽喔，你才是不知道前提。」

伊莉莎白不悅地插嘴，她粗魯地用下巴比向「守墓人」。

伊莉莎白比了比浮現美麗微笑的少女，然後用滲出厭惡感的聲音說道：

「『守墓人』繼承了歷代所有負責人的人格與記憶。不過嬰兒的大腦不可能承受傳承儀式的負荷。因此，許多人格會互相混合，並且被自然地淘汰，最後只留下一個共通點——

『對神與聖女的信仰心』。一言以蔽之，那傢伙就是『被擬人化的狂信』喔。」

（……看起來很正常，不過「守墓人」果然並非如此嗎？）

櫂人感同身受地體認到這個事實。同時，他也再次認知在教會生根的扭曲有多深。為了持續隱瞞初始惡魔這個致命性的祕密，「守墓人」人格與記憶的維持是必要且不可或缺的措施吧。目睹那東西還能維持信仰心的人才很稀少，然而，其結果卻是如此。

（恐怕就教會原本的存在方式而論，伊莎貝拉所言才是正確的吧。）

然而，他們將世間的一切都捲入其中，不斷朝錯誤的方向滾落。

究竟是哪裡不對，為何會變成這樣？就算思考，也不可能得到滿意的答案。打從創世之後，或者是從創世前就薄薄地不斷疊加至今的瘋狂，如今即將要顛覆一切，事情就只是如此罷了。然而就算在混亂的狀況下，還是可以明白地得知崩壞的導火線。一切便是從「肉販」將惡魔的肉賣給弗拉德那時開始。

果然有必要直接跟「肉販」談話。如此思考後，櫂人開口詢問。

「現在你們把『肉販』關在哪裡？」

「守墓人」頭一歪，完美地無視了他的問題。

在琉特那些部下的包圍下，貞德一臉清爽地坐著。「守墓人」將視線移向那張毫無防備的側臉上。她用和氣的口吻向金色「拷問姬」搭話。

「我有聽到報告了喔，有另一名『拷問姬』。有人自稱是救世少女，違背神之意志，試圖將毒酒注入聖女的唇瓣裡呢。妳就是與吾等立場相反的愚者……不過，與那副帶有機械氣息的印象相反，聽聞妳似乎很中意伊莎貝拉・威卡呢。」

「嗯，因為是初戀。」

貞德輕描淡寫地回應。

在那瞬間，除了「守墓人」以外，所有人都無可挑剔地瞪大雙眼。

「咦？」

「啊？」

「咦？」

「啥？」

貞德這句話，近乎於炸彈。

櫂人與伊莉莎白，還有小雛跟琉特都被她唇中說出那個字彙——「初戀」直擊。不知該如何反應而全員靜默的結果，讓現場被一股實在難以形容的沉默裹住。

除了依舊洋溢著微笑的「守墓人」以外，他們的表情變得非常奇妙。

就在此時，貞德跟之前一樣冷靜的語調接著說道：

「不，這是玩笑話。」

「是哪門子的玩笑啊！余還以為妳是認真的耶！現在是講這種話的場合嗎！」

伊莉莎白重重摔向地板。熊毛皮砰的一聲下沉，櫂人也高速地點頭。雖然貞德自稱是在開玩笑，不過就算不會看氣氛也要有個限度。然而，她就這樣淡淡地繼續說道：

「不過，我也覺得那是類似的情感。【哎，我自己也搞不太清楚！】我在鍊金術師旗下，為了救世而被挑中，然後被培育成人。我是公主，也是祭品。被他們所創造，又毀壞了他們。這是我跟鍊金術師們的約定。雙方之間都沒有怨懟。然而，我跟人類接觸的經驗有限，所以在得到隨從前該如何跟外界之人（Stray Sheep）交流，一直令我感到煩惱呢。我【逮了】附近山裡的野盜，從他們身上學到了東西。」

「會定期摻雜亂七八糟的口吻，就是因為這樣嗎！」

一個謎題在這裡得到闡明。貞德的用辭遣句有時會粗暴地令人難以置信，就是有著這樣的背景。然而事到如今，不知她為何要說出感覺像是沒必要的情報。無視櫂人的困惑，貞德又接著述說。

「所以，對我來說這是第一次。」

「妳說第一次……是什麼的第一次？」

「就像那樣，遇見『普通人類』。」

貞德回應櫂人的問題，她茫然地將虛空映照在薔薇色眼眸裡。

貞德不像她似的，用有點像是在作夢的口吻囁語。

「【處女少女（My Lady）】雖然愚蠢——卻很勇猛，而且清廉。」

這句話讓櫂人受到衝擊。他一邊眺望貞德的側臉，一邊思考。

她與人類的關係，一直以來都受到限制。像這樣被創造出來的存在就是現在的貞德，同時也是救世少女。她不在乎自己踐踏的人們，甚至不認為他們是犧牲者。然而，如果說僅有一人能做為個別對象被她認知的話。

（不用說或許——這種情感足以被稱為初戀不是嗎？）

櫂人話衝到嘴邊，卻又吞了回去。如今指正此事又能如何呢？

伊莎貝拉在遙遠的彼方。她貫徹自身意志回到了教會的陣營。被服裝像是處刑人的那群人抓住後，無人知道伊莎貝拉的下場如何。

（不……等一下，有一個人知道。）

如果是「守墓人」的話，或許就有掌握到她的安危。

櫂人不由自主將視線移向「守墓人」。在那瞬間，稚氣臉龐咧嘴浮現下流笑容。

櫂人覺得背脊竄上一股寒意，他慌張地打算詢問伊莎貝拉的安危。然而，貞德卻有如要妨礙似的開了口。她無比冷徹地低喃：

「話雖如此，想用【處女少女（My Lady）】當材料跟我交涉是沒用的喔，小姐（狂信者）。【反正也太遲了吧！你們這些卑賤之人的手段總是如此！】」

「喂，給我等一下，妳說太遲……意思也就是說，伊莎貝拉她——」

櫂人臉色慘白。在那瞬間，他鮮明地想起伊莎貝拉的笑容。她背對著炸裂而出的白光，露出微笑。就算殘留著醜陋的傷痕，那張臉依舊美麗。

（伊莎貝拉她……………………）

「守墓人」發出銀鈴般的輕笑。

權人有如發作般伸出的手正要揪住穿著法衣的胸口。

嘰咿咿咿咿咿咿咿咿咿咿咿咿咿咿咿咿咿咿咿咿咿咿咿咿咿咿咿咿咿咿咿咿咿咿咿咿！

在那瞬間，尖銳聲音響起，野營地入口那部分的皮革同時彈性十足起跳了起來。

所有人的視線都集中至那邊。覺得很麻煩似的嘆了氣後，「守墓人」站起身。

她一邊拖曳著緋紅色布塊，一邊肅穆地步行，解開有著切痕皮革的繩結。「守墓人」捲起入口的皮革後，球體與銳利靈氣一同衝入室內。

那是教會的通訊裝置。長在它左右兩邊的翅膀輕輕脫落，球體墜落至「守墓人」的手掌上。比權人所知更加複雜的魔術文字在其表面奔流。

看樣子這次的文章似乎加密過。閱讀內容後，「守墓人」瞇起雙眼。

「辛苦了，如此告知監視者——【你重蹈雅・流德爾的覆轍嘍】。」

「守墓人」輕輕推起通訊裝置，球體左右兩邊再次長出翅膀。

通訊裝置一邊啪噠啪噠地振翅一邊離去。目送它被銀色世界吞噬後，「守墓人」將入口恢復成原狀。她回過頭，將掌心抵住自己的胸口。

緋紅色布片滑順地搖曳，「守墓人」朝所有人深深低下頭。

「那我就此告辭了。很遺憾，事態似乎變得有點不平靜了呢。雖然度過一段難以說是有意義的短暫時光，不過我仍相信這是有意義的密會喲。狩獵、審問異端者這種效率很差的行為是負遺產，我也不想與所有人為敵呢。在此只能由衷希望各位的想法會略有改變。」

「守墓人」濤濤不絕地說道。比什麼都還要可怕的是，從她話語中滲出的大慈大悲似乎不是虛言。「守墓人」讓小手掌十指交握，有如祈禱般閉上眼皮。

「『願神成為你的救世主。不論是起始或是過程跟終結，均在神的掌握之中。』——願神與聖女的祝福也與各位同在。」

「守墓人」抬起臉龐微微一笑，沒有半個人回應那副笑容。然而她的心情似乎也沒受到影響，就這樣邁開步伐。「守墓人」一邊用全身承受獸人們的殺氣，一邊再次捲起入口處的皮革。然而在離開前往銀色世界前，她一時停下腳步。

「放心吧——誠如各位所望，接下來彼此就是敵人嘍。」

低聲囁語後，「守墓人」再次邁開步伐。入口啪沙一聲被復原。

就這樣，她的身影從權人他們面前消失了。

＊＊＊

（簡直像是颱風過境。）

權人茫然地環視四周。面前的光景跟剛才相比毫無改變。然而，感覺上卻像是蓋上了一層厚重的膜。「守墓人」這個存在就是如此地擾亂了現場的氣氛。櫂人一邊忍受麻痺般的疲勞感，一邊遙想伊莎貝拉的安危。

（到頭來，她……究竟變得怎樣了？）

他回想「守墓人」的扭曲笑容，那副虐待狂般的表情他在生前也見過無數次。

櫂人正要把難以抹拭的不安說出口。不過在那之前，伊莉莎白卻了站了起來。

「要走嘍，櫂人。這下子有明確的目標了。」

「目標？是指要追蹤『守墓人』嗎？」

如此一來，就能查明教會的野營地在哪裡吧。然而，突然對上總隊不會很危險嗎？櫂人將這個疑惑加入自己的言外之意，伊莉莎白搖搖頭開口回應。

「那傢伙以為余不懂，所以大意了吧。打從哥多·德歐斯的時代開始，余就慎重地偷出教會隱匿的祕密文件，並且進行暗號破解。所以剛才那些文章余也看得懂。」

「妳做了這種事嗎？」

「哼，看見暗號會想解讀，就是魔術師的本性喔。哎，余總覺得有朝一日會有這個必要性，實際上如今也派上用場了不是嗎？可以說余果然厲害呢，嗯。」

伊莉莎白自吹自擂，同時將仍然用單手拿著的茶一仰而盡。她將喝乾的茶杯遞給隨侍在一旁的小雛。

「辛苦了，小雛。很好喝喔，妳的技術還是一樣好呢。」

「言重了。能得到伊莉莎白大人的讚美，小雛感到很開心……不過，那個，伊莉莎白大人，所以說通訊裝置上面究竟有怎樣的訊息呢？」

小雛小心翼翼地詢問，這個回答會決定櫂人他們今後的行動方針吧。他們手心冒汗地等待她的答案。就在此時，伊莉莎白說繼續說出意想不到的話語。

「『大本營的監牢被打開了，監視者後腦勺被毆打昏死過去』，也就是說……」

櫂人自然而然地反芻在伊莉莎白城堡裡目擊到的光景。

連「拷問姬」製造的「吊籠(Gibbet)」，「肉販」都打開了，區區人類製造的牢籠不可能關得住他。而且離開監牢後，「肉販」究竟會怎麼做呢？

伊莉莎白繼續說出櫂人意料中的內容。

「現在『肉販』的消息不明，那傢伙似乎逃去某個地方了。」

6 答案的探索

fremdtorturchen

既然證實「肉販」脫逃，就必須盡快採取行動。

權人他們離開暖和待起來又舒服的野營地，再次返回雪與冰的世界。

外面的空氣依舊散發閃閃光輝。雪的結晶以複雜的形狀堆疊在冰之大地上，眩目又美麗的光景簡直像是進入雪花球似的。

無限延伸的銀色世界裡看不出什麼特別的變化。

另一方面，權人他們的同行者增加了。行列最後面跟著因為不會使用魔術，所以緊緊穿著防寒衣物的琉特。權人向凝視向凝視前方的紅毛狼搭話。

「真的要一起過來嗎？追蹤『肉販』的這條路前方，不曉得會發生什麼事情喔。」

「您這是什麼話。被汙辱成那樣還叫我坐著等待，那可是武人之恥。而且逃亡者是把我們找來『世界的盡頭』的使徒，甚至知道聖女的下落不是嗎！怎麼可能不去追他呢！」

琉特做出意願極高的回答，同時豎起耳朵。然而，他卻命令部下們在野營地待命。琉特有云，這是他判斷大群人移動會很顯眼的關係，然而這恐怕只是表面上的理由吧。如果與教會之間的關係以不好的形式惡化，他打算將此事視為個人行為負起全責。雖然擔心這股氣魄，權人卻無法制止。

（不管是誰都有無法退讓的尊嚴，如今還是什麼都不說比較好吧。）

由於成員中增加了琉特之故，櫂人一直把弗拉德放在寶珠裡面。那東西有如在控訴不滿似的定期蠢動著，然而櫂人毅然貫徹著無視它的態度。

琉特加入後，「第二具(高康大)」走在弗拉德以外的五名成員前方。

結果，他們還是以教會的陣營為目標。

雖然無法否定與總隊發生衝突的危險性，不過關於「肉販」去向的情報卻不足。為了大致上判斷出他的逃亡方位，櫂人他們打算從遠方窺視教會的動向。

為了避開戰鬥，除了「第二具」以外的「機械神」們都專注地索敵。

看樣子「守墓人」似乎是用步行移動的。「第二具」毫無迷惘地順著若有似無的足跡進行追蹤。如今「第二具」身上也裝著用來追蹤的器官。機械人偶從「第三具(傑伯沃基)」身上借來扭曲的玻璃，在身上製造出類似「眼睛」的部位。「第二具」一邊咕溜溜地轉動有如透過眼鏡放大的眼球，一邊將腿部刺入冰面。

如果「守墓人」在半路上進行轉移，足跡也因此消失的話，就按照預定換上能追蹤魔力的「第四具(龐大固埃)」。然而似乎無此必要。「第二具」跟櫂人他們肅穆地行進。

就算前進再前進，周圍依舊是類似的光景。這樣也很詭異。

（一昧美麗的光景，就像一切都死亡的樣子呢。）

櫂人不由自主感受到並非氣溫引起的寒意。他開始被在同一處兜圈子的錯覺所囚，就在此時，「第二具」倏然停止。

人偶以刺進冰層的單腳為支點，轉了一圈回頭望向這邊。重新面向貞德後，「第二具」上下點了點頭。是藉由此舉傳達了什麼事嗎？貞德嚴肅地頷首。

「……原來如此，掌握到了。【小子們，走這邊。跟我來！】」

貞德與「第二具」一同改變行進方向。他們朝向旁邊，從停下的地點那邊開始並肩而行。實在不覺得「守墓人」會用那種奇妙的方式移動。

看樣子「第二具」似乎停止了對她進行足跡追蹤的行為。

（究竟要去哪裡呢？）

就在櫂人如此疑惑時，「第二具」停止平行移動，並且再次開始前進。

櫂人他們也追隨在後，周圍的光景漸漸開始出現變化。大地以比剛才那座山丘還要陡的角度傾斜。櫂人有好幾次都差點滑倒。然而，每一次他都被小雛用手臂撐住，因此得以平安無事。櫂人一邊道謝，一邊勉強在銀色斜坡上攀登。

踩碎特別大片的雪花結晶後，他朝貞德的背影開口詢問。

「欸，停止追蹤足跡來到這裡，是有理由的嗎？」

「……從那個地點開始，足跡增加了。你（Mister）明白這個意義嗎？」

「……意思是『守墓人』跟自己的部下會合了，野營地就在附近嗎？」

「正是如此。就你這個總是很愚鈍的人（The Fool）而言，這個推測倒是很精明。此外，我有跟『機械神』共享資訊，所以『第四具』有過聯絡，表次這前方的斷崖最適合監視對方的陣營……

請務必不要走在『第二具』的前方。【遇上敵人前就摔死的話，可不是一句笑話就能了事的喔！】」

貞德的忠告讓櫂人露出困惑表情。看樣子這前方似乎是懸崖。然而就算是櫂人好了，也不可能突然掉下去。然而才剛這樣想，他就立刻改變了想法。

「第二具」三度停下腳步，前方沒路了。

在鐵足的前方，地面消失得一乾二淨，簡直像是用小刀切下大地，然後用叉子拿起來似的。這是一般而言絕不可能發生的劇烈變化。

（這的確有可能會不小心摔下去呢。）

千鈞一髮地停下腳步後，櫂人在心中流下冷汗。他小心翼翼地將頭探出斷崖。

遙遠的下方可以看見一大片教會的野營地。複數帳蓬整整齊齊地建立並排著，每座帳蓬都舉著兩根以上的白百合與聖女的旗幟。所到之處都有火在焚燒，照亮銀色世界。他們似乎比眾獸人還要辛苦地維持著溫度。

之所以選擇背對懸崖的位置，也是為了多少可以防一點風吧。

是因為「肉販」逃走的關係嗎？豆粒般大小的人類果然地大大地蠢動著。然而，從斷崖突然登場的打擊中重新站起後，櫂人被其他事物奪去目光。

「喂……那是、什麼啊？」

它，就在崖上。

展開雙臂凍住的模樣，看起來也像異教之神的塑像。或著說是一具傻氣的稻草人。他的身體輕飄飄地浮在半空中，因為被打入口中、貫穿臀部的粗大鐵樁撐著全身。雙腿間凍著流下來的鮮血與穢物。

男人的眼睛因淒絕的痛苦而瞪大，他是在活生生的情況下被釘入鐵樁的吧。

櫂人再次確認歪斜的事實。身穿氣派法衣的男子被串刺在鐵樁上。

而且，被曝屍在斷崖上。

「這個人到底是誰？」

「……是雅・流德爾喔。」

「咦！」

伊莉莎白如此回應後，櫂人發出驚叫聲。

雅・流德爾應該是在哥多・德歐斯死後，趁教會內部勢力圖出現變化之際爬上高位的其中一人。就算只是透過通訊裝置對話，也能推測出他的自尊心有多高。然而他卻變成了這副慘狀。恐怕是因為在地下陵寢失態，雅・流德爾才被殘酷地殺害了。

關於肅清他的人物，櫂人只能想到一人。

實際上，接到「肉販」逃亡的報告時，她就是如此低喃的。

『辛苦了，如此告知監視者吧。就像【你重蹈雅・流德爾的覆轍嘍】這樣。』

「────『守墓人』。」

眼前的殘酷光景，無疑是那名少女所創造之物。

櫂人已經看習慣受到拷問而死的屍體了。雖然是討厭的現實，不過被串刺在鐵樁這種事他甚至開始覺得習慣了。即使如此，沒多久前還傲慢地放聲長笑的人物竟有如此下場，仍是不由得令他受到衝擊。然而，對伊莉莎白以及貞德而言，雅．流德爾的下場似乎無關緊要。她們早早就從屍骸上面移開目光，繼續觀察教會的陣營。

「唔，原來如此。」

「嗯，真是好懂呢。」

琉特應該也不曉得雅．流德爾是何人。即使如此，兩名拷問姬的冷靜仍是讓他感到詭異。然而，這裡就算退縮也無濟於事——如此心想的他似乎做好了覺悟。

琉特也仿效兩人，小心翼翼地跟櫂人以及小雛並肩而立，探頭望向下方。

不久後，櫂人皺起眉心。教會的陣營似乎處於比意料中還混亂的狀況下。

只要仔細看，就能明白他們大大地分成兩個派閥。

是在白銀鎧甲上面披著毛皮防寒衣物的人們，以及身穿像是緋紅色處刑人服裝的人們。

他們有如不同種類的獸群，各自聚在一起行動著。

「雖然說是意料之中，不過他們並不團結呢。」

「嗯，正是如此。【這群傢伙還誇下海口說要世界重整，真是笑話！明明像是進入了同一座墳墓！牧羊人跟羊群不合真是有趣！】」

伊莉莎白瞇起紅色眼眸，貞德有如嘲笑般發出聲音。

權人細細品嚐兩人話語中的意義。

（就算不說聖騎士與貌似處刑人的那群人走到敵對的地步，卻也是處於對立狀態嗎？）

聖騎士們獨自組成搜索隊。他們雖向南行，動作卻有氣無力，也難以說是有條不紊。而另一方面，貌似處刑人的那群人卻也沒有責怪他們的怠惰，而是朝北方前進。看樣子雙方都絲毫沒有共同行動的意願。

不但如此，貌似處刑人的那群人甚至表現出避開聖騎士們的舉動。

「這是這麼一回事？都來到『世界的盡頭』了，還是不合作嗎？」

「聖騎士們失去了團長。部下們對雖然年輕卻身負重任的伊莎貝拉寄予深厚的信賴，但她卻被不正當地奪走了，如今就算要他們保有士氣也是強人所難吧。而且這裡是『世界的盡頭』。跟王都不同，這裡可以派出異貌化的聖騎士。穿緋紅色衣服的那群傢伙，本來應該只想自己帶著那些異貌化的棋子造訪這裡才對。」

「不過，雖然重整派現在掌握著教會的主要權力，卻不是絕對。」

貞德把伊莉莎白的解說接了下去，她淡淡地述說教會的現況。

「之所以不得不讓普通的聖騎士們同行，是因為王族與部分有權力的貴族對他們感到不信任吧。就算有能從復興王都的龐大負擔中逃離的這種魅力十足的條件，重整派還是無法吸收毫無信仰心的人呢。【比起信仰神，有權有勢的人們中也有很多傢伙更相信金錢吶。就想要依賴時手頭上卻偏偏沒有這一點來說，兩邊都半斤八兩就是了！】」

以取笑般的言論為基礎，櫂人再次確認人員的動向。

緋紅色與白銀色潮流的分裂狀況，如實地表示其內部的混亂吧。

「因此，讓普通的聖騎士們同行，說到底不過就是一種形式罷了。如今那群緋紅色的傢伙，應該打算率領藏在其他地方的異貌化聖騎士前往捕捉『肉販』才是。他們會給予眾聖騎士去搜索另一邊的指示吧……如此思考的話，可以率直地認為北方比較有可能吧。不過『肉販』逃跑的速度很快，所以究竟能不能抓到他呢……」

「那個，伊莉莎白大人。」

「嗯，怎麼了，小雛？嗯嗯嗯嗯？」

被小雛咚咚地輕戳背部，伊莉莎白回過頭。望向小雛手指的方向後，她啪嚓啪嚓地眨了眼。櫂人也不由得浮現傻眼表情。

在不知不覺間，雅．流德爾屍身的肩膀處停著某物。

小小的綠色塊狀物正在輕咬凍僵的屍骸耳朵。

琉特大吃一驚，向後仰起身軀。他比著那個東西，發出「可惡啊」的聲音。

「你、你就是入侵薇雅媞．烏拉．荷斯托拉斯特大人尊貴寢室的，大不敬的小龍！」

啾哦！

這個回應真的很天真無邪。小龍在空中活力十足地翻了一個跟斗，尺寸與身軀毫不對稱的氣派尾巴華麗地搖動。不管怎麼看，牠都沒有在反省的樣子。

牠是從何時開始就在這裡的呢？如此思考時，一個疑問忽然襲向櫂人。

（屍體被曝曬在這裡。）

也就是說，教會方面也理解能從斷崖瞭望到整個陣營的事實。然而他們卻沒派人在此地監視，這一點可以說很不自然。如此心想環視四周後，櫂人猛然一驚。

「等一下，伊莉莎白，踩到了，踩到了啦！」

「嗯？哦哦，原來如此，難怪余覺得站起來怪怪的呢！」

伊莉莎白發出沉吟點點頭。在她的高跟鞋下方，有一個男人被雪埋住。透過白色的縫隙可以看見緋紅色衣服，看樣子他似乎已經昏過去了。

沒有凍死吧——櫂人慌張地伸出手。不過試著一摸後，他的肌膚卻莫名暖和。看樣子似乎是有在四肢配置能保持體溫的魔石，胸口也冒出通訊用的寶珠。這個人物恐怕就是負責在斷崖上監視的人吧。

然而，為何他會昏過去呢？

櫂人朝小龍那邊瞄了一眼。牠讓綠色鱗片發出光芒，在空中翻了跟斗。小龍咻咻咻地揮動尾巴。用櫂人轉生前的世界的東西做比喻的話，那記揮擊似乎有著跟怪醫黑傑克的拳頭一樣的威力。小龍挺起胸膛，啾地一聲鳴叫。

聽到活力十足的主張後，櫂人帶有確信地點點頭。

「嗯，犯人就是這傢伙。」

「唔，是這傢伙吶。幹得好！」

「這真的是值得誇獎的行為嗎？」

「那個，小龍先生不知為何打倒了監視者，然後留在這裡嗎？」

啾唔！

被小雛如此問道後，小龍高聲一叫。牠噗嗞一聲咬斷雅．流德爾的耳朵。輕輕將耳朵扔向上方後，小龍用嘴巴接住它，大口地咬著屍肉。

櫂人跟琉特露骨地皺起臉龐。另一方面，小龍有如鼓舞完自己似的，有如子彈般舞向高空。牠毫不迷惘地在銀色大氣中開始飛行。

小龍微微回頭瞄向櫂人他們，簡直像是在說「跟過來」。

櫂人想起被留在城堡裡的肉骨頭。跟那時一樣，「肉販」是預料到櫂人他們的行動才放出小龍的吧。看樣子牠似乎想帶領櫂人他們去某處。

這是好事，抑或是壞事，果然仍是不明。

（不管怎樣，如今也只能去追小龍了。）

如此心想後，櫂人做好覺悟。他們發足奔馳，將屍體與仍然昏過去的監視者留在身後。

櫂人他們追著小龍漸漸遠去的背影，下了白色山丘。

＊＊＊

小龍看起來像是亂無章法地不斷飛行著。

牠拍動以皮膜與細骨構成的翅膀，高高地飛向帶有虹色的乳白色天空。接著牠長距離地滑翔，看樣子小龍似乎是在享受移動。然而對於被迫配合的那一方來說，效率差的行進方式卻有著莫大的精神壓力。櫂人露骨地浮現不滿神情。

「欸，那傢伙真的有朝目的地飛行嗎？」

「唔……畢竟是『肉販』的龍吶。」

「因為『肉販』先生也是愛開玩笑的人嘛，只能祈禱了。」

伊莉莎白無力地垂下肩膀，小雛「別這樣別這樣」地露出微笑。

在一成不變的銀色世界裡前進，消磨掉的精神力在體力之上。然而，一反小龍遊樂的方式，這個行進被相對早地證實了並非徒勞之舉。

在空無一物的世界裡，出現了生物的「屍骸」。

最初目睹那東西的瞬間，櫂人瞪大了眼睛。

那東西是由冰與雪的碎片構成。直至詭異境界的直線造型，硬要比喻的話就像是魚。然而就算在近距離目睹，人類仍是難以正地掌握牠的全貌。畢竟大腦拒絕了取得的部分視覺情

「呼，平安無事地打掃完了。如何呢，櫂人大人？」

「嗯，我的妳還是一樣完美呢，小雛。」

「呀，櫂人大人真是的，居然在別人面前，呀！小雛好害羞！」

小雛呀呀呀地叫著，一邊遮住變得紅通通的臉龐。櫂人用溫柔眼神注視那幅光景。琉特「哦、哦哦」地退開，伊莉莎白則是露出「啊，嗯」的表情。

只有貞德絲毫不在乎這場小騷動，繼續邁著步伐。所有人連忙追在她身後。

櫂人他們留下那東西的屍骸，有如什麼事都沒發生似的繼續搜索「肉販」。

＊＊＊

不久後，周圍加速變化。「空無一物」的天空開始下起雪。

看起來像是精緻蕾絲編織的巨大結晶，輕飄飄地在四周翩翩起舞。仔細一看，它們全部都有著獨特的形狀，恐怕其中沒有相同之物吧。

覆蓋乳白色天空的神奇七彩薄膜也漸漸變濃。結晶從那邊緩緩飄落，簡直像是從油膜裡吐出銀色花瓣似的。

本來不可能存在的雪花，漸漸散布開來。

櫂人他們的四周，已經失去了「這個世界的形態」。就算說這裡是死後的世界好像也可以讓人接受。沒有孕育任何事物，只是一味美麗的光景奪去櫂人的目光。

虛無的世界很恐怖。然而，同時也是有著強烈吸引力的事物。

就在櫂人像這樣受到吸引時，小龍毫無前兆地停止前進。

啾唔！

牠高聲鳴叫，朝正下方有力地拍打翅膀。急速下降後，小龍忽然消失身影。

「……咦，到哪裡去了？」

櫂人連忙望向下方。維持一定法則的光景在這裡完全地迎接了終點。在不知不覺間，他們的行進方向出現了又深又狹窄的龜裂。一反冰壁的透明度，夾縫裡盈滿著濃濃的暗闇。看樣子小龍似乎是飛進那裡面了。

簡直像是在說自己任務告終似的。

櫂人帶著確信抬起臉龐，龜裂前方必定有「某種事物在等待著」。

龜裂長長地、長長地朝前方延伸，漸漸擴展，不斷向前深入。在它旁邊，有新的龜裂從遠方伸出手臂。兩道龜裂宛如大河般並行，不停前進。

最終龜裂抵達一處巨大的洞穴，就此滙合。

像是火山口的奈落深淵大大地張著虛無的嘴。

某種奇妙的確信襲向櫂人。

（如果「世界的盡頭」裡的所有冰塊溶化，那會變得怎樣呢？）

恐怕水不會流向大海吧。它們無疑會無視高低落差的流入這個洞穴。即使如此，空洞也不會被掩埋。就算吞噬一切，奈落深淵也不會被填滿。

同時，櫂人回想起一段話語。

某人說，世界沒有盡頭。說這片大地是圓的，沒有終點。

某人說，世界有盡頭。說那裡是會吞噬一切的瀑布。

某人說，世界有盡頭。說那裡是神明創造出來要當「世界的盡頭」的場所。

「…………………『世界的盡頭』。」

如今，櫂人再次如此低喃。表示世界盡頭的三句話語，與他前世的真實相左，說不定全部都是正確答案。這片大地是圓的，沒有終點。然而，卻有著由神決定的盡頭。而且有吞噬一切的瀑布等待在那兒。

櫂人如此思考之際，視線也更加彷徨。

小龍消失，就表示此處便是「答案」吧。

「──櫂人大人，那邊。」

「嗯，那邊啊。」

望向小雛手指的方向後，櫂人點點頭。兩道龜裂並列而行，在它們中間勉強殘留著一條極狹窄的道路。有人站在那前方，一道黑影獨自佇立在洞穴前方。

那道身影看起來有些寂寥。

簡直像是一直孤伶伶地等待著不會造訪的某人似的。

「——『肉販』。」

伊莉莎白喃喃低語，權人正要發足急奔。就在此時。

「啊，總算找到了呢！而且，我終於——終於完美地頓悟了！」

權人背後傳來高亢聲音。在那道聲音的底部，蘊含著難以估量的歡喜。

權人全身起了雞皮疙瘩。他打從心底感到毛骨悚然，臉龐僵硬地回頭望向後方。

「給予妳我祝福！一切都遵照天意！」

那兒果然站著意料之中的人物。

她一邊飄揚著以雪花結晶妝點的緋紅色布片，一邊被異貌化的聖騎士們團團圍繞。

可愛少女被巨漢們守護著的光景，看起來也像是一幅畫。簡直像是在描寫怪物們與少女的圖畫。然而，實際上怪物不是異貌的男人們，而是少女。

活生生的狂信象徵，「守墓人」。
她俯視權人他們，浮現在臉上的微笑甚至滲出慈愛之情。

7 初戀的對象

「你們有辦法追蹤我呢。也就是說，反之亦然。像這樣追上各位，然後再次面對面，我真的覺得很悲傷很悲傷呢。」

「守墓人」突然滔滔不絕地講起話。她連開場白都沒講，有如連珠炮般說了下去。即使如此，白晰臉頰仍然有如戀愛少女般染上朱紅色彩。

「權利會被平等地告知喔。平等地告訴所有種族，所有人。這種事畢竟只是虛言，是甜蜜的謊言。使徒果然打從最初就選定了呢，嗯嗯，果然如此。」

權人不由得皺起眉。不管怎麼看，如今的「守墓人」都處於亢奮狀態。然而，他卻全然不知她在對何事做出反應。

（平等地告知權利……「守墓人」有提及來自「肉販」的信嗎？不過，所謂使徒打從最初就選好了……是指什麼事？）

「只要略加思考就會明白喔，那隻負責領路的小龍就是證據。是使徒尋求兩人的證明。既然如此，我也沒有異議喲。得到祝福的人有限，本來就是天經地義的事情呢。能見證聖者覺醒的人僅是鳳毛麟角。嗯嗯，此乃天意啊。」

「守墓人」緩緩改變著語調，她用有如在說服自己般的聲音連接著話語。權人感覺到難以形容的詭異，琉特似乎也一樣。

而另一方面，該說果然厲害嗎？伊莉莎白跟貞德還是很沉著。兩名「拷問姬」似乎預料到會對上「守墓人」。然而，即使如此伊莉莎白仍是皺起眉。

「……打從剛才開始，妳就在那邊大吼大叫些什麼啊？」

櫂人猛然一驚。伊莉莎白似乎也沒能掌握「守墓人」狂亂的理由，貞德也面無表情地凍結著薔薇色眼眸。

櫂人不由得緊握口袋裡的寶珠，石頭有如回應似的發熱。

（或許應該放出弗拉德。）

「皇帝」有云，弗拉德‧雷‧法紐是在「腦袋裡飼養地獄的男人」。基本上他看起來個性穩重，然而其根底卻十分扭曲，而且徹底瘋狂。如果是弗拉德的話，或許很有可能替「守墓人」當翻譯吧。然而，此時此刻卻很難讓他介入。

如今，「守墓人」身邊有軀體變得像是巨人的異貌聖騎士待命。那些膨脹的肌肉將堅硬鎧甲有如麥芽糖般撐大，四肢也連同關節一起變長。然而，他們變形的狀態仍然勉強停留在「人類」這個範疇內。

這些人恐怕是較為成功適應惡魔肉，或是順利攝取到痛苦的精銳們吧。

他們將劍尖指向大地，並列而立的模樣就如同雕像。然而，如果重新叫出弗拉德的話，不曉得他們會如何反應。有很高的機率會來不及拜託他翻譯，就這樣進入戰鬥吧。

小雛站到可以護住櫂人的位置，舉起槍斧（Halberd）。琉特也用力握緊劍柄。

所有人以各自的方式做好開戰準備。

（是呢……既然在這裡遇上，就已經沒時間分神思考權力鬥爭或是政治問題之類的事了。）

畢竟使徒「肉販」就在視線範圍內。一場純粹的廝殺馬上就會展開吧，而且只有存活下來的人才能得知聖女的行蹤。然而，「守墓人」本人露出的表情，卻像她到現在才察覺到權人他們的殺氣似的。

有如在說絕無此事表示拒絕似的，她左右搖動脖子。雪花結晶輕飄飄地從緋紅色布片上面散落。「守墓人」緊緊壓住自己的胸膛，她難受地擠出話語。

「不是的，不是的，不是這樣子的喔。我本人，以及跟我有著相同思想的人，已經不可能對各位刀劍相向了。因為，如今需要的就只有相信。」

「……意思是妳已經不打算戰鬥了？」

「我相信你們喔，就算你們不相信我也一樣！……不過，試煉是有其必要的呢。嗯嗯，我會派出其他人喔……不過，也只是這樣子而已，只是這樣而已喔。」

「……其他人？」

討厭的預感襲向權人，一股惡寒竄下他的背脊。就算在這段期間內，「守墓人」的語調也漸漸帶有狂意。她瞳孔放大，展開雙臂，口沫橫飛狂熱地述說。

「聖女大人也為了世界，為了吾等而沉眠，流下血淚！這正是流動在教會根底之物，無償的愛，尊貴的自我犧牲！為了信仰，為了世界，能將自我捨棄到何種地步呢！這正是被選上後最需要的資質吧！我『守墓人』在這條路上總是捨棄了許多事物，甚至連明確的自我都捨棄了！被挑選上的你們又是如何呢？」

以高壓態度如此詢問後，「守墓人」高舉右臂。喀啦啦——刺耳的金屬聲音響起。

看到她的手後，櫂人漸漸察覺到一件事。小小拳頭裡握著銀鎖鍊的一端。

以這道聲音為信號，聖騎士們動了起來。他們不再像是要守護「守墓人」站立，而是有如波浪般朝左右兩邊分開。異貌聖騎士們一起跪下。

在銀鎖鍊拖動下，四足步行的某物從他們中間走向這邊。

那是披著緋紅色布片的野獸。在高級布料下面，骨頭與肌肉不斷啵啵啵地膨脹然後又恢復原狀。每一次激烈變形時，都會有大量鮮血滴落，也會發出苦悶的聲音。

聽的那個聲音的瞬間，櫂人感到毛骨悚然。他覺得野獸的聲音很耳熟。

（…………………這、是——）

『來了呢！這不是來了嗎！吾不肖的契約者吶！』

「皇帝」在櫂人的耳膜內側嗤笑。同時，他感受到強烈的視線。曾經救了自己的少年凝視著櫂人，筆直的眼神射穿了他。

諾耶，已經死掉的少年用視線詢問。

——做得到嗎？

櫂人無言地回應「什麼做得到」。可是，他卻自然而然地遙想某個事實。

（至今為止，我捨棄了許多事物。）

渾身鮮血，失去左臂，捨棄普通人類的身體。殺害了敵對者、惡魔、隨從兵。櫂人像這樣前進至今。然而，至今為止他從未有過殺害親近之人的經驗。櫂人就是以「無須這樣做」的方式走過來的。

然而，諾耶卻用視線詢問。

——做得到嗎？

另一方面，「皇帝」用像是人類的聲音嗤笑。

『現在正是適合試煉你的時機喔！』

像「你在說什麼我不懂」這樣裝傻到底是不可能的事，櫂人已經理解了。面對追求答案的問題，他幾乎完美地做出推測。

「嗯嗯，請務必將配得上寵愛的獻身與悲劇，展示給我這個『守墓人』看看！」

高聲如此乞求後，「守墓人」除去緋紅色布片。有如怪物秀的一幕般，生物的全貌盡現。櫂人反射性地深深低下頭。他有如要吐血般低喃：

「……………………………………………………………………混帳。」

布片下方有著曾經是人類的東西。
那東西的白銀頭髮比以前還要長，它們宛如藤蔓般糾結的前端纏住四肢。全身肌肉變形，有如腫瘤般膨脹，或是下垂。因此，原本就殘留在皮膚上的裂傷傷疤被誇張化，變成像是格子狀的模樣。鎧甲被剝奪，隨意扭曲的脊椎簡直像是野獸之物。那東西搖晃乳房，喀啦喀啦地抓耙著冰之大地。
「她」緩緩抬起臉龐，有如寶石般的藍紫雙眸映照出櫂人等人。
事到如今，只有那對眼眸依舊美麗。
「啊……啊啊啊，啊，啊，啊啊啊啊啊，啊啊啊！」
那東西發出痛苦的咆哮，諾耶再次用視線詢問「做得到嗎？」。

有辦法殺掉伊莎貝拉．威卡嗎？
就像沒有其他方式拯救那些變貌的聖騎士，所以毫不猶豫殺掉他們那樣。
櫂人張開顫抖的嘴。他有如懺悔般，對著只有自己看得見的幻影如此回應。

「——————我、做不到。」

在那瞬間，曾是伊莎貝拉的東西跳了起來。

利牙與爪子發出聲音，逼近至櫂人身邊。

＊＊＊

至今為止，有一件事瀨名櫂人不曾思考過。

有一件不管重複多少次，都頑固地閉著眼睛不肯去看的事。

比方說，被強制變形成隨從兵的民眾們。比方說，被用來以痛苦撫慰惡魔的人們。比方說，遭到強迫、或是因為無知而自願而吃下惡魔肉的聖騎士們。

（也就是說──那些無辜的犧牲者們。）

在慈悲這面大旗下，櫂人殺害了他們。就是因為明白沒有其他方式可以拯救犧牲者們，他才沒有迷惘。這個選擇本身是偽善，卻也是慈悲。然而，這裡面卻存有疑惑的餘地。櫂人刻意不去設想沒發生過的狀況。

如果犧牲者之中，包含跟櫂人親近的人類。

（真的有辦法像是「因為沒有其他方法」這樣輕鬆地做出切割，然後殺掉對方嗎？）

瀨名櫂人做得到嗎？至今為止之所以能夠毫無迷惘地行動，只不過是犧牲者對他而言存在價值很低不是嗎？

（——正是如此。）

如今，櫂人打從心底如此承認。畢竟正是如此。然而，櫂人並不認為自己的想法有誤。親近之人的價值比陌生人還要高，這是無可顛覆的事實。

同時，就算對方對自己而言價值很低，殺人仍是一件難受的事。櫂人並不是好殺之徒。然而，為了拯救不斷受苦的對象，就得要有誰把手弄髒才行。

永遠受痛苦折磨是一件難受的事。櫂人如此深信，一路走來身上也濺滿血跡。

（然而，如今回答「我做不到」不是冒瀆嗎？）

你們做過的事，在自己的熟人身上卻做不到。

有辦法對至今為止堆疊出來的屍山如此告知嗎？真是荒唐。

不可能被容許。

瀨名櫂人已經如此理解了。

＊＊＊

換算成現實裡的時間，一連串的思考其實僅僅過了一瞬間。

回過神時，櫂人已經在腳底爆發出魔力。他自行退向後方。在那瞬間，眼前的冰之大地被伊莎貝拉用手臂擊碎。小雛正要奔馳而出時，櫂人千鈞一髮地跟她並肩而立。雖然撫胸鬆了一口氣，小雛仍是露出望向可悲之人的心痛眼神。

「櫂人大人……我明白您的心情，不過……」

「嗯？……啊啊。」

櫂人這才發覺自己的手臂以伸向前方的狀態僵在原地。他用野獸左臂抓住右臂，硬是將其放下。櫂人用顫抖的手指撫摸自己的臉頰。

（我明白會變成這樣的……沒錯，我應該明白才對。）

雖然預料到伊莎貝拉的下場，櫂人仍是離開了那個廣場。然而，眼前的光景卻讓他受到心碎般的衝擊。

伊莎貝拉的變形就是殘酷如斯。

伊莉莎白什麼也沒說。意外的是，貞德也貫徹沉默。

只不過，琉特卻舉著劍，就這樣低聲沉吟。他有如在探索記憶似的瞇起眼睛。

「櫂人大人，那隻怪物該不會是您認識的人……不，我也記得自己聽過這名字。伊莎貝拉……聖騎士伊莎貝拉……白銀色的頭髮，還有那對眼瞳的顏色……該不會是伊莎貝拉・威卡？這不是團長嗎！把她變成、這樣的、異形？」

「琉特，你跟伊莎貝拉相識嗎？」

「關於支援王都復興一事，薇雅媞・烏拉・荷斯托拉斯特大人曾因此接受過禮貌性的訪問……就人類而言她很少見，是明辨禮數、尊崇恩義之人……另外，從第二次訪問開始，她甚至以個人身分送了妻子土產！不，這一點無關……然而——」

就在此時，琉特下顎用力。現場發出牙齒互相壓輾的喀啦聲響。映照出完全變形為異形的伊莎貝拉後，他的狼眼動搖了。琉特愕然地重複說道：

「…………可是……」

「沒關係的，琉特。並非無關。」

如果是不認識的對象，就能表示同情並砍下腦袋吧。然而一旦知道對方曾有的好心腸以及人品，刀刃就會變鈍。事情就是這樣。殺害對手的難受程度，會隨著心情而輕易改變。

即使如此，還是有非戰不可的時候。

那就是現在。

「啊嘰嘰嘰嘰嘰嘰嘰嘰嘰嘰嘰，咿咿，噫，啊啊啊啊啊啊啊啊啊啊啊啊！」

伊莎貝拉有如發狂般大吼。那些骨頭最終在全身各處毫無意義地發育茁壯，特別是四肢的關節部位，它們突破皮膚向外凸出。只要一動，她全身就會誇張到甚至令人感到逗趣地噴出鮮血。即使如此，伊莎貝拉仍然毫無意義地在大地上來回跳動。
她激烈地甩亂白銀色頭髮。纏在手腳上的一搓頭髮受到拉扯，連同頭皮一起被扯下。
「嘻嘻嘻嘻嘻嘻嘻，哈嘻嘻嘻嘻嘻嘻，嘻啊啊啊啊啊啊啊啊啊啊啊啊啊！」
即使如此，伊莎貝拉仍然持續哄笑。櫂人有如發作似的回顧記憶。
雖然明白這是現在最不需要的感傷行為，他仍然想起了各種事。
首先是在被惡魔肉塊侵蝕的王都發生的事。
伊莎貝拉筆直的白銀色頭髮，沐浴月光散發出光輝。當時她的肌膚上連一道傷痕都沒有。伊莎貝拉毫無迷惘地與「皇帝」契約者握手，然後如此說道：
『請務必跟我一起與惡魔戰鬥。』
接著是在所有人死亡滅絕的惡魔空間內一幕。
就算體內的魔力壓令肌肉撕裂，伊莎貝拉仍然毫不在乎地透過通訊裝置大叫。
『別在那邊囉哩囉嗦了，瀨名．櫂人！給我適可而止！只要能借到力量，不管是阿貓阿狗都要借！你不是想盡快拯救受苦的人民嗎！』
然後，是在地下陵寢最深處發生的事。

她給予被迫與惡魔融合的神聖生物——「守墓人」製作的看門人——致命一擊。雖然發著抖，伊莎貝拉仍然將手臂橫舉在胸口。她一邊哭泣，一邊行禮。

『您已經無須被錯誤的命令束縛了。辛苦您了，地下陵寢的守護者。』

最後，權人抵達了不久前的一幕。

伊莉莎白背對炸裂的光佇立著。她一邊否定權人他們，一邊露出微笑。

『嗯，是呢……大家，全都是笨蛋。』

縱貫白皙肌膚的裂傷，醜惡地歪斜著。

即使如此，伊莎貝拉．威卡依舊美麗。

的確，她曾經很美麗。

（——我，對我來說……）

就在權人打算接著說出那個答案時。

紅色花瓣輕盈地在他的視野裡飛舞四散。

＊＊＊

櫂人猛然瞪大眼睛。在不知不覺間，飛舞在空中的銀色結晶中摻雜了紅色。激烈的風捲起，花瓣跟羽毛氣派地來回飛舞，就像要覆蓋乳白色天空。

櫂人再次愕然地思考某個事實。

殺害對手的難受程度，會隨著心情而輕易改變。這一點很自然。

（————然而，我知道有人能踩扁自身的糾葛。）

這一路上，她有如在說「那是啥東西」似的捨棄他人的嘆息與悲痛咆哮。而且，她也殘酷地吃光自己的情感與感傷。那個女人總是背負著大罪高聲嗤笑。

如今，她也堂堂正正地站在以紅色花瓣與黑色羽毛形成的旋渦中心。

是孤傲的狼，也是卑賤的母豬，「拷問姬」伊莉莎白·雷·法紐。

她將弗蘭肯塔爾斬首劍（Frankenthal Executioner's Sword）舉在眼前。

「真是悲哀啊，伊莎貝拉。不過，這也是妳做出覺悟與決心後的結果吧。既然如此，余不會同情也不會嘲笑，就只是殺掉妳吧。余不會要妳心存感激，因為死亡是避之唯恐不及的事物。就算只有這個方式能變輕鬆也一樣——只要是享有生命的活物，任誰都是如此。」

伊莉莎白冷冰冰地撂下話語。她很傲慢，同時也理解殺人的意義。伊莉莎白令黑髮飄揚，邁開步伐前進。她無言地通過櫂人身邊。

伊莉莎白連一眼都沒有瞥向櫂人。

她也沒有對其他人說什麼，伊莉莎白就只是對伊莎貝拉如此告知。

「想怎麼怨余就怎麼怨吧，妳有這個權利。」

伊莉莎白毫不猶豫地直視藍紫雙眸。她沒有從伊莎貝拉身上移開視線。就像面對被迫與肉塊融合的孩子們，以及瑪麗安奴的那時一樣，伊莉莎白凝視著自己要殺的對象。同時，櫂人也品嚐著宛如被雷打到般的感覺。

（我——————我究竟在幹嘛？）

「——————速速沉眠吧。」

「等等，伊莉莎白！」

櫂人半發作似的大叫。伊莉莎白回過頭，就像在說「幹嘛」似的。伊莎貝拉將身軀伏低發出低吼。伊莉莎白一邊警戒她的動向，一邊嘆氣。

「幹嘛啊，你又要口出應該還有救那樣的胡言嗎？愚鈍過頭的話就是罪惡了喔。」

「不對，不是這樣的！總之，等一下。」

櫂人試圖前進。不過，就在此時他發覺一件事。如今，櫂人的思緒漸漸取回冷靜。即使如此，他的雙膝仍然難看地發著抖。

小雛迅速奔至櫂人身邊，她有如要讓對方放心似的牽起他的手。

「櫂人大人，請把手——我明白您的想法。您是溫柔的人，即使腳發抖……您還是執意過去的話，就請讓我與您同行。」

「嗯，謝謝妳……小雛。我之所以能夠前進，總是因為有妳。」

櫂人緊緊回握柔軟的手。他跟她一起走到伊莉莎白前方。「拷問姬」沒有嘲笑櫂人難看的模樣，伊莉莎白只是等待他的話語。

凝視這幅光景後，櫂人回想起一件事。

在地下陵寢前跟伊莉莎白互砍時，他在思考什麼事。

為何瀨名櫂人要為了不被「拷問姬」殺掉而拚盡全力掙扎呢？他灌注在那個行動裡的不是對死亡的恐懼，而是執念與失念。

（沒錯，我不是不想死。而是有一件事比那個還重要。）

怎麼可以被伊莉莎白殺死呢？

怎麼可以再讓「拷問姬」對親近之人下手呢？

他是這樣想的。

（沒錯——不是這樣子的嗎，瀨名櫂人！）

自己只能選擇極少數的人作為絕對要拯救的對象。沒錯，櫂人是知道的。

在轉生前的世界裡，他連一個重要之人都沒有。正是因為如此，櫂人才下定決心要徹底守護自己死後才得到的重要之人。然而，有惡魔存在的世界實在過於殘酷。他很快就從前世的經驗中理解到這個事實。以櫂人微薄的力量，能確實伸出手拯救的對象寥寥可數。

正是因為如此，比起世界，櫂人選擇了伊莉莎白．雷．法紐。

他決心憑藉一己之意，讓最惡劣又最差勁的稀世大罪人活下去。

明明是這樣才對，事到如今還有什麼好發抖的呢？

『沒錯——忘卻自身最大的渴望，是戴著善人假面具的傻子做的事喔。』

把堵在自己前方的一切全部踩扁給吾看吧——「皇帝」如此低喃。櫂人再次咬緊牙根。

就算伊莎貝拉的笑容很美麗。

即使她愚昧地朝前方直行的身影很耀眼。

也不能讓「拷問姬」背負這件事。

「伊莎貝拉．威卡，由我來殺。」

櫂人如此宣言。他有如在道謝似的，用力握了一下小雛的手。有如要讓小雛安心般用手指輕敲她的手背後，櫂人移開手掌。他獨自一人走到伊莎貝拉的前方。

「拷問姬」瞇起紅眼，小雛閉上眼睛點點頭。琉特深深地垂下臉龐。

瀨名櫂人高高舉起手，打算要彈響手指。

在那瞬間，巨大鐵拳從旁邊狠狠揍了他。

＊＊＊

「嗯嗯？」

「啥？」

「櫂人大人啊啊啊啊啊啊啊啊啊啊啊啊啊啊啊啊啊啊啊啊啊啊啊啊啊啊啊！」

伊莉莎白揚起單眉，琉特啞口無言，小雛尖聲大叫。

猛烈地回轉之際，當事者櫂人這才自覺到被揍飛的事實。他以卡通般的完美動作，一邊打轉一邊墜落。然而，在危急之刻小雛唰的一聲滑至下方接住了他。

「沒、沒沒沒沒沒、沒事吧，櫂人大人？我沒想到心愛的您會突然咚的一聲砰磅地飛至半空中，如果沒接好讓您有所損傷，那該如何是好呢？」

「小、小雛……究、究竟，我身上發生了什麼、事？」

「——這是，她……」

小雛心神大亂，用甚至帶有責難的口氣回答櫂人的問題。

在那道銳利視線前端，一名人物走至前方。蜜色秀髮氣派地飛舞。是身穿曝光邊緣服裝的黃金女孩，鋼鐵巨人跟隨在她身後。是互相融合化為一體的「機械神」。它正是毆打櫂人的犯人。

貞德．德．雷用薔薇色眼瞳俯視瀨名櫂人。她冰冷地低喃：

「伊莎貝拉．威卡的異貌化，追根究柢是我這個選擇她為傳道者之人的責任。【難得你下定決心，雖然抱歉，不過還是請你退下吧。這個場面該由老子動手】。」

貞德與伊莎貝拉面對面，她面無表情地俯視完全變為怪物的身影。

不久後，貞德微微瞇起眼睛舉起單手。鋼鐵巨人有如回應似的擺出架勢。它腳邊的冰發出啪喀聲響，裂成蜘蛛網的形狀。貞德淡淡地繼續說道：

「就由我承受她的末路吧。是啊，讓我傲慢任性、又獨善其身地拉下這一幕吧……失禮了，我就毫無虛言地再說一次吧。伊莎貝拉．威卡的末路由我收下。」

貞德堂堂正正地撂下話語。伊莎貝拉沒有回應。她一邊從嘴唇不停流下口水跟血液，一邊有如警戒似的退至後方。貞德靜靜地眺望這副模樣。

不久後，她用有如微笑般的嘴型吊起唇瓣兩端。

「原來如此，跟文獻一樣……【初戀是不會開花結果的東西】。」

下個瞬間，伊莎貝拉宛如獅子般踹向地面。
鋼鐵拳頭從旁邊揍飛那副身軀。

＊＊＊

櫂人被小雛的手臂抱著，就這樣眺望戰鬥的光景。琉特茫然地張大嘴，伊莉莎白雙臂環胸。然而，眼前的展開實在不能稱之為「戰鬥」。
正確地說，應該叫蹂躪才對吧。
變回單一個體的「機械神」就是如此強大。
「啊啊，果然如此。【明明沒必要為了得到力量而吃下那種東西啊，處女少女(My Lady)】。」
貞德向伊莎貝拉搭話。就算在這段期間內，鋼鐵巨人仍毫無慈悲地揮舞著拳頭。
伊莎貝拉的四肢與胴體雖被切斷，卻又立刻再生。因此，巨人將攻擊集中在毆打這件事上面。它的拳頭筆直地描繪出曲線，就算攻擊方式受限，也不是人或是野獸可以理解的動作。伊莎貝拉沒能避開，狠狠撞向冰冷的大地。
下一拳大大地壓扁她的身軀。那些骨頭開始蠢動試圖復原，肌肉發出啪滋聲響向外爆開。勉強回復造成的反作用力，讓肋骨宛如彈簧裝置般從背部凸出。

琉特扭曲狼的鼻頭，他有如無法忍受似的錯開眼神。

櫂人跟小雛無言地眺望著殘酷的蹂躪景象。

「咕…………呃…………哦哦…………咕呃！」

伊莎貝拉發出怪聲嘔吐了。她將鮮血與大量肉片一同撒在冰面上。伊莎貝拉似乎初次受到恐懼驅使。她拖著骨折的腿，試圖跟貞德拉開距離。貞德與鋼鐵巨人優雅地接近拚命逃跑的伊莎貝拉。

黃金「拷問姬」用令人害怕的冷靜態度繼續述說。

「就算是從巨人身上分離的狀態，妳過去仍是越過【第一具（龐大固埃）】與【第二具（高康大）】來到我面前。如今就算是面對巨人化的『機械神』，妳也應該能更冷靜地周旋才對吧。【不過這副鬼樣子，是在叫老子別過去吧】。」

「咕唔嚕嗚嗚嗚嗚嗚嗚嗚嗚嗚嗚嗚嗚嗚嗚嗚，嗚嗚嗚嗚嗚嗚嗚嗚嗚嗚嗚嗚！」

傳回恐懼沉入底處的低吼聲，這番話語看起來沒有傳到伊莎貝拉那邊。

貞德微微瞇起薔薇色眼眸。

伊莎拉全身啵啵啵地起著波浪，那些肌肉急速膨脹。

無數肌纖維覆蓋仍然從背部凸出的肋骨，完成了像是翅膀的肉色部位。損傷被強制性地填補，卻不可能完全消除毆打造成的傷害。

伊莎貝拉更加向後退，連這個逃跑的動作都已經變得有氣無力。

貞德面無表情地眺望宛如動物在害怕般的模樣，她用有些稚氣的聲音低喃：

「…………【明明，說過的】。」

「咕，唔，啊啊，嘰呀喔喔喔喔喔喔喔喔喔喔喔喔喔喔喔喔喔喔喔喔喔，呀嗚！」

伊莎貝拉不顧一切地撲向巨人，卻有如揮去小飛蟲般被揍飛。她描繪出看起來甚至很滑稽的漂亮弧線，就這樣摔上冰面。在伊莎貝拉肌膚下方，骨頭與肉再次蠢動。然而，回復的動作卻變得亂七八糟。她全身奇妙地痙攣了起來。

即使品嘗著相當痛苦的滋味，伊莎貝拉仍是撐起身軀。她再次試圖逃走。

貞德冷靜地對發抖的背影說道：

「已經可以停止了喔，『處女少女（My Lady）』。請妳悲哀又難看地、放棄掙扎沉眠吧。」

「咕，嗚嗚…………咕嗚嗚嗚嗚嗚嗚嗚嗚嗚嗚嗚嗚。」

伊莎貝拉毫無意義地發出低吼。貞德張開唇瓣打算說些什麼，但她卻少見地迷惘了。她閉上嘴，然後張開，貞德用像是不小心脫口而出的口吻低喃：

「妳好歹，也是團長吧？」

在那瞬間，伊莎貝拉停止了動作。她激烈地搖動銀髮，猛然回過頭。

如同昔日，藍紫雙眸確切地映照著貞德。

「…………咦，伊莎貝拉、小姐？」

「…………伊莎貝拉。」

櫂人跟小雛不由得呼喚她的名字。沒有回應。即使如此，理性光芒仍然微微回到伊莎貝拉的眼眸裡。然而，它卻又要虛幻地消失。對痛苦的飢渴與對死亡的恐懼，以及獸性本能即將支配她。伊莎貝拉的顏面醜陋地皺成一團改變形態。

從沒有理智的野獸變成人，從人變成野獸。

歷經自身內部的鬥爭後，伊莎貝拉移動顫抖的四肢。她癱坐在原地。白銀頭髮滑順地搖曳。伊莎貝拉深深垂下頭，停止動作。

簡直像是在說快點砍下這顆腦袋似的。

＊＊＊

「怎麼可能……這是怎麼回事？為何被異貌化仍然殘留著正常意識？」

伊莉莎白納悶地低喃，這句話語也代言了櫂人的疑惑。

貞德依舊無語，她以只能用瞠目結舌這句話來形容的形狀瞪大薔薇色眼瞳。這副表情可不是罕見的等級。下個瞬間，貞德急速移動眼球。

她從伊莎貝拉身上移開線。貞德用有如要射穿對方般的激烈程度望向「守墓人」。面對充滿敵意的視線，身被緋紅色布片的少女回了一個溫和的微笑。

貞德有如理解某事似的點點頭。

「原來如此……【意思是打從最初就有古怪嗎？】」

（是嗎……試著一想，確實有前兆呢。）

櫂人也同時有所察覺。被異貌化的人們眼球會肥大化、充血、或是破裂。然而，伊莎貝拉的雙眸卻是「美麗依舊」。

對於知道她原先模樣的人來說，她的變形程度看起來很致命，然而與其他人相比卻算是輕微吧。斃命前的那些聖騎士，恐怕在鎧甲下方連肌膚都溶解了。

櫂人搖搖晃晃地從小雛懷中站到地面，他無意識地捂住自己的嘴邊。

（是伊莎貝拉反抗的結果嗎……不，是教會那邊刻意這樣做的嗎？不管是哪一邊，她攝取的惡魔肉都應該不多吧。）

然而，那樣又如何呢？她沒救的事實已經不會改變了。

櫂人冷靜地做出這個判斷。然而，他卻也從中感到不對勁。

（應該是這樣才對，可是……貞德的模樣不對勁。）

黃金「拷問姬」無疑是比櫂人還要冷靜的人物。然而，她如今卻完全停手攻擊。貞德啪嚓啪嚓地眨著薔薇色眼瞳。

「——————這倒是意料之外。不，是在妳意料之中？」

貞德一邊凝視「守墓人」，一邊如此低喃。幼小少女沒有回應，她繼續維持著有如畫進圖畫般的不自然微笑。她有如注視嬰兒般的眼神，讓人自然而然聯想到聖女。從那幅表情中，實在很難想像她就是製造出這種地獄般光景的人物。

貞德再次面向伊莎貝拉，她用真的很罕見的茫然語調低語。

「我就拯救妳吧——『處女少女（My Lady）』。」

「妳說什麼！」

櫂人不由得大叫，「機械神」同時動了起來。在沒有聲音與氣息伴隨的情況下，具有相當分量的質量平滑地前進。

然後，巨人殘酷地擊潰伊莎貝拉。

＊＊＊

「……呃，喂，妳剛剛說要拯救！不是說要拯救嗎？」

「嗯，我要救她。不過這是必要的措施。」

櫂人回過神如此大吼，貞德冷靜地回應。然而，他卻無法這樣想。

「機械神」的拳頭緩緩抬起。正如所料，伊莎貝拉的身體幾乎都被破壞。雖然微微有著氣息，感覺卻不可能從這種狀況下復原。

「我現在再重複一次吧。這樣就行了。【因為被擊潰的是不需要的部位】。」

「————不需要的部位？」

「從體內除去。」

櫂人不安地詢問後，貞德斬釘截鐵地回應。他感到愕然。

一旦做出這種事，伊莎貝拉真的會死掉。畢竟她失去了大部分的身軀。然而，貞德卻用淡泊語氣接連說出救命的方式。

「被惡魔肉紮根的部位，盡可能地用『機械神』的零件補上。」

「這種事做得到嗎？」

「是有可能。它們雖是戰鬥用的武器，卻能自由自在地改變外貌。就算是人類的活體零件也能勝任——只不過，在那個時間點上我們會失去強力的武器就是了。」

櫂人猛然瞪大眼睛。跟每次召喚拷問器具的伊莉莎白不同，貞德總是將「機械神」當武器使用著。因為是否能將飄散於上位世界的魔力轉換為適合攻擊的形態，會受到當事者的資質左右。

（「機械神」就是彌補這種不足的存在。失去它戰力難以免於低落，不過……）

櫂人望向被擊潰的伊莎貝拉，接著把視線移向「守墓人」。她宛如在守望迷途羔羊似的眺望著貞德，櫂人回想「守墓人」帶有層層謎團的話語。

『聖女大人也為了世界，為了吾等而沉眠，流下血淚！這正是流動在教會根底之物，無償的愛，尊貴的自我犧牲！為了信仰，為了世界，能將自我捨棄到何種地步呢！這正是被選上後最需要的資質吧！我「守墓人」在這條路上總是捨棄了許多事物，甚至連明確的自我都捨棄了！被挑選上的你們又是如何呢？』

『嗯嗯，請務必將配得上寵愛的獻身與悲劇，展示給我這個『守墓人』看看！』

（那些話語，就是這個意思嗎？）

「守墓人」似乎在要求貞德為了伊莎貝拉而捨棄「機械神」，顯示自己的犧牲奉獻。然而，謎團仍然殘留著。「守墓人」宣布自己已經無意戰鬥。她毫無理由削除「拷問姬」的戰力。既然如此，此舉究竟有何意義呢？

「守墓人」的目的是什麼，就在櫂人如此煩惱之際。

「【那麼，該怎麼辦呢】？」

心不在焉的低喃響起，櫂人瞪大眼睛。

貞德竟然在肉身潰散的伊莎貝拉面前，神態悠哉地雙手環胸。櫂人完全無法理解那句話語跟態度。就現況而論，應該要做的事情應該只有一件才對。

他指著奄奄一息的伊莎貝拉，粗著嗓子大吼：

「妳在說什麼傻話啊！有需要煩惱嗎？妳是要救伊莎貝拉的吧！」

「嗯嗯，我是要救，不過……」

「妳說過她是妳的初戀對象吧！」

櫂人用可能喊破喉嚨的力道叫道。對他來說，貞德的話語實在是難以允許。畢竟至今沒被賜予任何事物的人，總算遇上自己認為可以尊敬的人。捨棄這種人的選擇，他無法同意。

無法被認可，也不願去理解。

（只有這個，我絕對做不到！）

櫂人不由得有如野獸般發出低吼，貞德用沉著視線回望他。

她極其冷靜地開了口。

「那麼，我就問你（Mister）吧。這是比救世還應該要去做的行為嗎？」

在那瞬間，櫂人的腦袋彈出與情感全然不同的另一個答案。

————不是應該要去做的事。

與世界相比，個人完全沒有拯救的價值。與至今為止一樣，沒有例外。應該要回頭望向至今堆積的屍體。只有一人得到特別待遇是不對的。如今正是能否拯救世界的緊要關頭，不應該在那邊說些有的沒的。為應為之事，這才是正確答案。

你是明白的吧，瀨名櫂人。

（是啊，我都明白。就是因為這樣，我才不明白啊！）

「————吵死了，給我閉嘴。」

他有如要狠狠揍扁似的，否定自己的正確想法。貞德眨了眨眼。櫂人的答案沒有構成回答的形式，然而，就某種意義而論，這也是傳達出一切的一句話。

櫂人冷靜地暴怒，一邊思考。

（伊莉莎白跟貞德也是如此。每個傢伙都一樣，老是在說正確的事。）

伊莉莎白——黑色的「拷問姬」說這裡面沒有後悔。她不打算捨棄自身之罪。然而，貞德又是如何呢？

如果後悔的話，在救世之後，她還剩下些什麼呢？

（什麼都沒有留下的話，那麼——）

究竟能說自己拯救了什麼呢？

在那瞬間，櫂人用爆發般的氣勢重複大吼。

「別問我！」

「…………啥？」

「也不要問任何人！自己思考！就只靠自己，去思考！什麼東西比世界還尊貴，讓除了妳以外的人來決定這種事誰受得了啊！由妳決定，由妳選擇！話說，妳完全沒在思考吧！」

「你(Mister)說了奇怪的話呢。說我沒在思考？」

「那麼妳真的有思考過『自己會不會後悔』嗎！」

櫂人的話語讓貞德露出困惑表情，她的撲克臉略微崩潰了。

貞德眨了眨薔薇色眼瞳，用打從心底感到無言的模樣說道：

「我會不會後悔，是嗎？【一點也不覺得這件事重要呢】。」

「少開玩笑了！既然不能立刻斷定不會後悔，就表示不是這麼一回事不是嗎！該死！至今為止又是說初戀又是說什麼的，卻是情緒不發達的機器人——啊，這個世界沒有機器人……總之少給我吐出那種像是沒有自我的台詞！這算啥啊，妳……妳就這麼——————」

櫂人比貞德還要感到愕然。然而，他卻無法順利地找到適合的詞彙，所以氣得跺了腳。

櫂人深深地吸了一口氣，然後吐出，硬是讓自己先冷靜下來。

他打從心底撂下率直、同時也很不恰當的一句話。

「妳就這麼地笨嗎？」

「————原來如此，意義不明。不過，這也是初次有人對我說這種話。」

貞德喃喃低語。她再次凝視伊莎貝拉，伊莎貝拉全身的痙攣漸漸變小。然而，貞德卻有如僵住般動也不動。只有凝重的沉默持續著。

就在櫂人打算再次擠出話語時。

貞德有如猶豫般張嘴，然後又閉上。重複數次這個動作後，她終於低聲喃道：

「——妳(Lady)是怎麼想的呢，『拷問姬』伊莉莎白·雷·法紐？」

這個提問中帶有依賴語調。貞德——恐怕是在期待否定與叱責——向黑色「拷問姬」，應該等同於自身的存在如此詢問。

「平等對待一切的女人。自行背負起罪孽，總有一天會身受火刑的女孩啊——不背叛自己殺掉的人們、頑固地當著罪人、既傲慢又誠實的女人啊，如果是妳的話……」

「關余啥事，閉嘴，很礙耳啊。」

回答就只有這三句話。

同時，是從意想不到的位置傳過來的。

在場的所有人都瞪大眼睛。特別是琉特，他用力地屏住呼吸。

伊莉莎白·雷·法紐在空中。她朝目標揮劍。

劍刃的前方是「守墓人」。少女搖曳緋紅色布片，仰望狙擊自身的「拷問姬」。

在那一瞬間，所有人都覺得時間停止了。狂信者與大罪人確切地交換視線。

「守墓人」能夠朝依舊跪著聖騎士們發出指令。然而，她卻貫徹沉默。簡直像這就是命運似的，赤紅劍刃漸漸吸入脖子裡面。

長劍臨身之際，「守墓人」有如詠唱頌詞似的囁語。

「『從事此等行為之際，就讓妳自由行動吧。願神成為妳的救世主。不論是起始或是過程跟終結，均在神的掌握之中。』」

她臉上仍然洋溢有如作夢般的平和微笑。

「守墓人」用毫無作偽充滿慈愛的表情，向要殺害自己的對象如此告知。

「願神，祝福妳。」

在那瞬間，伊莉莎白斬飛幼小腦袋。鮮血噴濺而出，圓圓的頭部飛舞至半空中。它在地上滾動，在緋紅色布片裹住的狀態下停止。赤紅血潮靜靜地擴散。

就這樣，「守墓人」在櫂人他們面前毫無抵抗地被殺了。

＊＊＊

聖騎士們沒有動作。宛如事先被命令似的，他們抑制了反守為攻的行為。有如取代這種

行為般，眾聖騎士一齊起身，將手臂橫舉在胸前。他們朝「守墓人」的屍骸敬禮。從這個姿勢中，可以推測出追悼之意。

櫂人忽然推導出一個推測。「守墓人」的護衛們略為適應了惡魔肉。這難道不是是因為他們自願吃下肉片，而且慎重地調整了食用量的關係嗎？

（——不論是怎樣的人，只要擁有確切的意志，就會出現崇拜者。）

就算那個人只懷抱著瘋狂。

只要那裡面有著千真萬確的信念。

「————嘖，真詭異啊。這種味如嚼蠟的勝利還是第一次。」

伊莉莎白沒受到任何妨礙的著地。她不高興地發出咂舌聲。

櫂人感到強烈的混亂。「守墓人」毫無任何抵抗地死了。而且她恐怕也有留下命令，要聖騎士不要反擊。情況究竟是變成怎樣了。

到頭來，還是不知道她意圖成就何事。

（就這樣直到最後，都順著「守墓人」的意圖好嗎？）

櫂人一邊受到這種懷疑驅使，一邊將視線移向貞德。

她仍然沒有做出選擇。貞德有如懇求似的凝視伊莉莎白。

伊莉莎白將劍消去，邁開步伐。面對貞德的提問，她看起來無意回答那三句話以外的答案。黑色「拷問姬」通過「金色」拷問姬身邊。

就在此時，伊莉莎白忽然停下步伐。她面向前方，就這樣低聲喃道：

「如果是余的話，誰也不會問。就算有人回應應該要這怎麼，余也不會聽進去。」

「…………」

「不過，妳卻問了。余殺害哭叫的人們，藉此取得力量。妳是在期望下殺害對方，藉此取得力量。那邊雖然一樣，這裡卻不同——余沒告知過妳就是了。這種女人自稱是『拷問姬』也讓余很不悅喔。既是聖女也是賤貨的救世少女，貞德・德・雷。」

貞德沒有回應。伊莉莎白只移動紅眸，望向她的側臉。

伊莉莎白極冷淡地、有如狠狠推開似的如此告知。

「隨妳便嘍。如果是余的話會殺掉。然而，妳並不是余。只有妳能負起這個選擇的責任。別自以為是——不論是要拯救或是毀滅世界，都只不過是個人的任性喔。」

「……都一樣嚴厲呢。【啊啊，這下虧慘了】。」

貞德喃喃低語。留下她後，黑色「拷問姬」再次邁開步伐。

伊莉莎白連櫂人等人都丟下，開始走向「肉販」身邊。櫂人連忙抓起小雛的手緊追在後。東張西望環視周圍後，琉特也跟了過來。

櫂人一邊奔跑，一邊微微回頭望向後方。

在冰之大地上，只有貞德跟伊莎貝拉留下。

金色「拷問姬」孤伶伶地俯視瀕死的女性。

凝視本來應該要見死不救、將其擊潰的對象。

凝視自己初戀的女性。

「——————————————【老子……】」

貞德用沙啞聲音低喃，她頭一歪。

那張撲克臉初次崩壞了。貞德露出困惑表情，有如孩子般低喃。

「——————————————我？」

然後，貞德．德．雷。

既是聖女也是賤貨，被造出來的救世少女。

做了某個選擇。

8 肉販的述說

櫂人他們在殘留在兩條龜裂之間的窄道奔跑，其左右兩邊是一大片深不見底的奈落深淵。只要一失足，就會落得墜入無明暗闇的下場吧。

他們慎重、卻也著急地奔跑著。遠方的黑點漸漸接近至櫂人他們的面前。眼熟的背影開始有了明確的輪廓。那副模樣，看起來果然有些落寞。

（簡直像是一直在等待不會過來的對象似的。）

櫂人更加加快腳步，一邊感受到前方傳出不可思議的壓力。洞穴底部似乎有風吹上來，然而周遭的空氣卻完全沒有明確的動向。

回過神時，連雪都停了。大氣因緊張氣息而緊繃。

簡直像是整個世界都屏住了呼吸。

（世界正靜靜地等待『那個時刻』。）

具體而言是在等待什麼，這個還不得而知。接觸聖女使徒後會因此發生何事，又有何物會真相大白也是未知數。而且話說回來，也不能保證是否能證實聖女的行蹤。

即使如此，櫂人他們仍是奔跑著。不久後，他朝抵達的背影發出聲音。

「──────『肉販』！」

「哦哦，愚鈍的隨從大人，伊莉莎白大人，美麗的女傭大人！還有其他人，各位都到齊了！」

「肉販」輕盈地蹦了起來。他做出一如往常的回應，簡直像是在散步途中偶然遇見似的。這個反應實在是太出乎意料了。

櫂人感到困惑停下腳步，其他成員也佇在原地。小雛也跟他一樣露出困惑表情。琉特扭曲鼻頭，警戒心畢露。伊莉莎白不悅地皺起眉心。

在最後面，貞德以靜謐的表情站著。

她沒望向「肉販」，只是一味凝視抱在自己懷中的女性。

是身軀有七成以上都用機械補足的伊莎貝拉，她孱弱地沉眠著。

貞德抱伊莎貝拉的模樣──櫂人前世時曾在電視上瞄過一眼──看起來也像是被稱為聖殤的塑像。看到這副模樣後，「肉販」驚訝地發出聲音。

「哎呀，居然選了那一邊吶！哎呀呀，真是讓我大吃一驚！雖然我『肉販』隱約有預測到，不過果然還是很驚訝呢！」

「你……………」

「人類果然是有趣的東西呀。明明比任何一種野獸都還會運用智慧，在明白這樣不合理時卻會不由自主地選擇情感。這種矛盾我不討厭喲！」

「跟『守墓人』一樣，你也曉得事情會變成這樣嗎？」

櫂人在聲音中投入沉靜的怒意。關於兩人遭到玩弄一事，他顯示出明確的厭惡與激烈情感。然而，「肉販」卻沒有怎麼改變他的口氣。他輕描淡寫地回應：

「不，我只是從小龍那邊依序取得情報而已。想說驅使『機械神』的金色『拷問姬』接觸到『守墓人』的話，事情就會變成這樣吶。因為她是會自行動腦筋，既聰明又肯犧牲奉獻的信眾……哎呀呀，不過她沒事真是太好了。」

「你在那邊講什麼厚臉皮的話！」

「這是真心話喔！那個女性擔心身在『吊籠(Gibbet)』裡的我。我可不曾希望她死掉喔！」

「少說無聊的話，『肉販』啊。」

冰冷聲音介入權人與「肉販」的爭執中。順利地穿過眾人中間後，伊莉莎白站到前頭。用視線斷定「肉販」是敵人後，伊莉莎白接著說道：

「你曾說自己是世界公敵。就算不是如此，追根究柢也是在你把惡魔肉賣給弗拉德後，一切才開始的。這個重整騷動也是你所期望的吧？因為這樣，所有活在世上的人都會死。對一個人表示平安無事真是太好了的蠢話，少給余說出口。」

「嗯～如果要問這是不是『我的期望』，正確來說不是耶。不過，的確如您所言呢。」

「然而，你同時也把吾等找來此處——目的為何？」

「肉販」沒有回應。他一邊唔唔唔地發出沉吟，一邊無意義地轉起圈子。在他背上，總是揹著的那個打著叉叉的布袋搖晃著。「肉販」哼著奇妙的歌。

「「啦啦啦啦～我的肉上等肉～愛與勇氣還有美味～只要吃下肚就會勇氣百倍～肉販

總是在您身邊～啦啦啦啦～」

「————————唔！」

櫂人不由得打從心底感到毛骨悚然。「肉販」的舉止一如往常。在現況下還能維持這種態度，只能說是瘋狂了。同時，一股奇妙的傷感也襲向櫂人。那是對舞台上的小丑所抱持的哀愁，是對必須一直保持滑稽才行的人所產生的同情念頭。

（該不會，我們至今為止從未見過真正的「肉販」吧？）

「沒有這種事喲，愚鈍的隨從大人！」

「肉販」似乎藉由櫂人的視線察覺到他想說的話。「肉販」蹦蹦跳跳提出抗議。啪噠一聲，他伸指比向櫂人。

「我『肉販』雖然老是在鬼扯，卻連一次都沒有口出謊言！哼哼！嗯嗯……說不定偶爾會說得太誇張，或是說謊就是了……咳咳，不過，至今展現給各位看的那個溫柔可愛又惹人憐愛的『肉販』是真貨喔！只不過不是全貌就是了。」

「是謊話或是真實都無所謂，這已經不關余的事了。」

伊莉莎白沒對「肉販」最後那句帶有陰暗語調的低喃做出反應。她有如在說自己感到厭煩似的走上前，弗蘭肯塔爾斬首劍在她手中發出光輝。

「余只有一事想問你——聖女在哪裡？」

她一前進，「肉販」就向後退。他的腳跟喀的一聲碰到雪花結晶。那東西微微滑向後方，無聲無息地被吞噬至暗闇中。「肉販」已經無處可逃了。

伊莉莎白將弗蘭肯塔爾斬首劍用力比向他，她重複追問。

「回答吧，吾等是前來殺那傢伙的。所以才像這樣特意來到『世界的盡頭』啊。」

「那真是辛苦了呢。嗯，這個毫無多餘之處的提問，不愧是伊莉莎白大人。」

「夠了，理解吧，『肉販』。小丑戲碼結束了。」

伊莉莎白靜靜地用話語冷酷地對待「肉販」。他倏然停下喋喋不休的台詞。微微歪頭後，「肉販」用嚴肅語調低喃。

「…………結束了啊。」

「吾等是知道舞台後方祕辛的人喔，再也變不回觀眾了……至今為止你也不是毫無意義地演著戲，差不多該結束了如何？」

伊莉莎白淡淡地提問。從聲音深處讀取到細微的同情後，櫂人感到驚愕。伊莉莎白對敵對者表現出情感是非常罕見的事。

（該不會，伊莉莎白也有所感觸吧。）

「肉販」宛如小丑般，將自己的角色扮演至今。然而，比起個人身分，以某人的形象為準則存活至今的人不是只有他。

在「拷問姬」面前，「肉販」輕撫自己的下巴。

「原來如此，意思是叫我把店收掉啊。嗯，的確，現在正是時候呢。」

「是吧？余都說了，可以別再開玩笑了。說出你的使命吧。」

「那麼，就先說個認真的小故事吧。」

「好，余就聽你說。」

伊莉莎白仍然用劍抵著對方，就這樣用下巴比了幾下。點點頭後，「肉販」道了謝。他有如吐露心聲似的，輕輕訴說起來。

「您知道嗎，伊莉莎白大人？所謂的童話，總是從小事開始的。」

「事到如今，你果然還是要胡扯嗎？」

「天生註定的命運也一樣……有時真的很短暫的記憶，也會定義之後所有的人生。」

「肉販」頑固地訴說感覺實在不像跟現狀有關的話題。他極其認真說著話語，其聲音有如老人般沙啞乾澀，甚至像到令人吃驚的地步，語調也很冷硬。

櫂人再次體會到已知的事實。

（「肉販」是聖女的使徒。）

也就是說，這個世界完成前他就活著了。可以說「肉販」比這世上的任何一人都還要年老。正是因為如此，他活過的時光要稱作人生的話，那實在是太漫長了。

即使如此，「肉販」仍然編寫著沒有磨損的記憶。

「伊莉莎白大人有母親的記憶嗎？」

伊莉莎白用無語回應。櫂人遙想某個事實。伊莉莎白的雙親因為「不幸的事故」而死亡。在那之前，有人目擊到一隻巨大黑狗的身影。

「肉販」輕輕探頭望向伊莉莎白背後。他望向櫂人跟小雛。

「愚鈍的隨從大人跟美麗的女傭大人……唔唔唔，似乎沒有吶。這下失禮了。有沒有記憶因人而異，無關好壞。然而，我是有的……有的喔。雖然不能稱呼那位為母親就是了。」

「那個人是……」

「我在她懷中得到意識時，第一眼見到的光景。在我的人生中，從未有一時片刻忘記……嗯嗯，是忘不掉呢。」

「肉販」沉穩地編織話語，櫂人短促地倒抽一口涼氣。

（創造他的是「聖女」。）

與語調不同，「肉販」談論她時的聲音很沉重。那裡面濃縮了憎恨與悲傷，還有至今依舊沒能褪色的莫大的愛，以及會令人感到恐懼的熱度與情感。只不過活了十多年的人類實在無法測度，而且也沒辦法正確地概括承受。

只有如冰般清澈的大氣漸漸吞沒「肉販」的情感。

櫂人總算察覺到這件事。為何雪停了，為何風停了呢？

（這個世界，正在等待使徒的談話。）

「到頭來，我只是其中一顆惡意的種子，連名字都沒有的棋子。我一直是這樣理解的。」

「肉販」深深地吸了一口氣，然後吐氣。他緊緊握住看起來像是破布的衣服。

而且，他有如吐血般繼續說道：

「即使如此，我還是看了……看見了那張笑容。」

究竟是目睹了怎樣的表情呢。

「肉販」用足以令人恐懼的快速語調，接著說出那個答案。

「那是在孤單一人的世界裡，初次得到親近自己之人的人類才會展露出來的笑容。是在訴說絕對性的孤寂崩潰了的表情。的確，只有當時她用了確切的愛情迎接了我。那是一張足以令人如此相信的微笑。而且……她一邊哭一邊這樣說。」

講到這邊，「肉販」一時停下話語。他有如在懷念久遠昔日，或是對龐大的時光感到無比疲倦般的聲音低喃：

「『謝謝你誕生到我身邊』。就只是如此而已，所以我才這樣。」

一連串的獨白，沒能說明他為何提供惡魔肉。然而，就做出此事的動機而論卻已足夠。就是因為有這句話，「肉販」才會將聖女瘋狂至極的心願聽進去。

雖然明白會破壞世界，他仍是保管惡魔肉，並且將之發配出去。

櫂人瞇起眼睛。聖女的話語的確是對「肉販」的祝福，也是洋溢感激與喜悅的一句話。

然而就結果而論，他卻因此而被束縛一生，化為世界公敵。

（就某種意義而言，那難道不是詛咒的話語嗎？）

櫂人正要像這樣把話說出口，卻又打消念頭。就算別人不說，「肉販」自己也明白。即使如此，他還是從她的這一句話中找到了生存的價值吧。如果不是這樣的話，他應該在許久以前就已經停手。「肉販」已經超越會感到後悔的階段了。

他突然呼的一聲微微吐出氣息。「肉販」卸下背上的白袋子。咚的一聲，小小聲音響起。他丟下總是背著的商品，有如歌唱般囁語。

「我很快樂喔，伊莉莎白大人，愚鈍的隨從大人，美麗的女傭大人。這是千真萬確的事。因為所謂的生物，如果不每天找樂子的話可是會活不下去的。你們反抗的模樣，在我眼中真的很耀眼……即使如此……就算曉得那正是瘋狂之舉，我還是得替她實現才行。」

因為這就是我人生的證明，是我愛她的唯一證據。

一邊聽「肉販」毫無迷惘的宣言，櫂人一邊在心中重複某一個段落。

（——這是從久遠昔日持續至今的無聊童話。）

其全貌究竟是悲劇還是喜劇，櫂人他們不得而知。

（所以說「肉販」要如何讓它劃下句點呢？）

就算明白那是瘋狂，也打算要實現某事嗎？

伊莉莎白微微上下搖晃劍尖，她用完全消除同情的聲音詢問。

「那麼，到頭來你仰慕的聖女在哪裡？」

「伊莉莎白大人，我很喜歡妳的那句『好吃！』喔。愚鈍的隨從大人……不，櫂人大人。一介人類能只靠自身信念，毫不氣餒地邁步前進，您可以感到自豪喔。美麗的女傭大人……小雛大人。感謝您總是將肉調理得很美味。還有，恭喜您結婚。」

「肉販」頑固地無視伊莉莎白的提問，淡淡地如此述說。

焦躁感即將浮現，伊莉莎白猛然繃緊嘴角。櫂人跟小雛也迅速地臉色發青。琉特東張西望，貞德則是反應全無。

聚集於此的眾人之中，只有跟「肉販」有長久交情的人才直覺性地理解到那件事。

櫂人跟小雛踹向地面，伊莉莎白也伸出沒有持劍的那隻手。

「住手，『肉販』！」

「是把店收掉的時候了。這是我身為商人的最後一份工作，把『肉』送貨到家。」

沒有停止，「肉販」踹向大地。

不是向前，而是往後。那前方只有暗闇。

「我有說過吧——必須要讓童話落幕才行。」

櫂人將眼睛瞪大到極限。

先才那一連串話語，果然是遺言。

「——————嘖！」

伊莉莎白彈響手指。判斷手腕勾不到，她在虛空中製造出紅色花瓣與暗闇旋渦。是因為動搖之故嗎？她沒瞄準好。然而，鎖鍊仍是在千鈞一髮之刻捲住「肉販」的手臂。

櫂人撫胸鬆了一口氣。在那瞬間，大量鮮血飛散。

「——————咦？」

「真的很感謝各位——————長年以來的光顧。」

「肉販」的左臂仍然被鎖鍊纏著。

只有長了鉤爪的左臂懸浮在半空中。

輕飄飄的衣服下襬掉出利刃，「肉販」切下自己的手臂。他的身軀有如被吸進去般墜落。「肉販」拖曳著血線，被吞噬至奈落深淵的底部。

之後，僅留下單臂。

＊＊＊

伊莉莎白停在斷崖邊緣，小雛也緊急煞車。然而，櫂人卻沒有停止。

他順著這股勁道就要墜入深淵，櫂人手臂向前方，就這樣打算躍進深深暗闇裡。伊莉莎白跟小雛連忙抱住他的腰。

雖然自己也差點滑落，兩人還是勉強撐住。她們紛紛開口大叫：

「蠢蛋，退下，櫂人！」

「櫂人大人，請您後退，櫂人大人！」

「……………………………………………………這樣子怎麼行啊。」

櫂人喃喃低語。他一點一點地被拖回身軀，一邊動著亂成一片的腦袋。櫂人也不知道自己在說什麼。是什麼不行，又是什麼不好呢？然而，他忽然察覺到為何會有懊悔與悲傷在自己內心打轉。

（有人對那傢伙說「謝謝你出生在我身邊」。）

這的確是一件令人開心又幸福的事。在遇見小雛前，櫂人也不記得有人跟自己這樣說過。然而，到頭來「肉販」只是以一介惡意種子之姿，被自己的角色所囚死掉了。

他放棄快樂的事情，將堆疊起來的回憶歸零，甚至吞下激烈痛楚，將對自己大喊不要死的人的情感連同手臂一起割捨。

既然如此，束縛他的話語真的可以稱之為愛嗎？

「肉販」沒被母親打從心底喜愛，就這樣被利用殆盡而死不是嗎？

甚至無法為了自己而生。

「肉販」明明沒有第二次的人生。

「這樣怎麼可能好啊啊啊啊啊啊啊啊啊啊啊啊啊啊啊啊啊啊啊啊啊啊！」

櫂人從丹田發出吼聲。他的眼角滾出淚珠。

就算自己變得不是人，即使數度品嘗到死亡的激痛，櫂人都沒流淚。然而，他卻為了「肉販」而哭泣。櫂人如同野獸般痛哭，然而卻沒有回應。

小雛輕撫他的背部，伊莉莎白什麼也沒說。她只是彈響手指，將銀鎖鍊變成花瓣將其消除。

「肉販」的左手與紅色一同墜落。

同時，櫂人覺得耳膜有微微的壓力。他猛然彈起臉龐，就在這個時候——

咕嚕嚕啊啊啊啊啊啊啊啊啊啊啊啊啊啊啊啊啊啊啊啊啊啊啊啊啊ＡＡＡＡＡＡＡＡ！

撕天裂地般的咆哮從洞穴底部轟響。

＊＊＊

強烈的吼聲令「世界的盡頭」為之震動。無法承受大氣的振動，冰面爬出裂痕。白色花紋以蜘蛛網狀的形式弄濁銀色大地。同時，奈落暗闇反轉。

底部有某物發出詭異光彩。看到那東西後，櫂人啞口無言。

漆黑中心浮現巨大的金色眼球，那東西直勾勾地回瞪櫂人他們。

視線從奈落深淵回傳給窺視者，櫂人總算察覺到眼前的事態。

（洞穴底部有怪物。）

有無視常識與天理的巨大生物。

怪物蠕動身軀，眼球變得看不見。相對地，巨大咢部從洞穴伸出。同時櫂人領悟到「肉販」將「什麼肉」送達給「誰」了。

（墜落時，那傢伙沒有拿著商品的袋子。）

也就是說，「肉販」自身的肉體就是商品，也是「肉」。

「肉販」對巨大生物——恐怕是龍種——送上了自己的肉吧。

「吞食使徒而覺醒嗎……究竟是什麼傢伙呢？」

伊莉莎白低聲喃道。就在此時，巨大飛翼從洞穴伸向空中，簡直像是多肉的異形花蕾伸向天際。翅膀有如開花般展開。

龍無視重力與體積，揮翅輕盈地浮在空中。

怪物的全貌揭曉。與身體與翅膀的尺寸相反，牠的手腳很短。以龍種來說，牠的表面罕見地沒有鱗片。桃紅色的肉裸露而出。圓潤的形狀令人聯想到人類胎兒。後頸的紅膜輕飄飄地在半空中泳動的模樣，看起來像是火焰在燃燒。

貞德瞇起薔薇色眼眸。在不可思議的龍面前，她靜靜地低喃。

「居然有此事，這不是『至高肉龍（Legend Dragon）』嗎……根據文獻，雄性被傳說中的商人率領麾下人手給狩獵了。既然如此，牠就是雌性吧。【居然在這種地方活了下來，這正是童話】。」

「嗯……你的鬼扯確實是真的啊。」

櫂人茫然地低喃。他回想起過去「肉販」用開玩笑的語氣談論的逸話。在那些事情裡，也摻雜了跟「至高肉龍」戰鬥的相關話題。

「肉販」裝作是在胡扯，述說了許多回憶。

在那瞬間，有如遮去櫂人的感傷似的捲起無數道風。

「至高肉龍」再次柔軟地彎折扭曲的飛翼。牠宛如氣球般浮至高處，不將巨大質量當作一回事。「至高肉龍」一邊將影子落至冰之大地上，一邊開始飄浮。

那副模樣，簡直像是飄在空中的浮島。真的是很壯大、超越人類理解範疇的光景。紅肉脈動的模樣，看起來也是世界的心臟飄浮在空中似的。

櫂人再度湧上一股激烈的困惑。

（不曉得「肉販」讓「至高肉龍」覺醒有何目的。）

是為了讓『至高肉龍』破壞世界，促進重整嗎？然而牠卻只是體型巨大而已，宛如鯨魚般溫馴，全然沒有要攻擊周圍的樣子。從名字考量的話，商人們狩獵雄性的目的也不是為了驅除害獸，而是為了要得到牠的肉吧。

「至高肉龍」就只是輕飄飄地持續浮遊著。

牠緩緩旋轉巨大肉體，「至高肉龍」的胸口進入櫂人的視野。

「————啊！」

櫂人瞬間發出傻氣聲音。他理解了「肉販」將她喚醒的理由。

有一塊堅硬結晶，硬是被塞入柔軟的龍肉裡。

在「至高肉龍」的胸口，紅色結晶之中沉眠著某物。

裸體女人浮在那裡面。

她看起來也像是被埋葬在棺材裡，而且那個棺材還被懸吊在半空中。一邊沉浸在血一般的顏色中，一邊被上下顛倒凍起來的裸體極無防備，紅色清澈地襯托出雪白肌膚。

小雛壓住隨風飛舞的銀髮。她眨了眨翠綠眼瞳，訝異地低喃。

「————那個，是聖女吧？」

「這樣……的確誰也找不到。」

櫂人如此點頭。「世界的盡頭」的終焉開了一個洞，奈落深淵沉眠著一隻龍，而聖女就被那隻龍抱在胸口。以普通方式搜索，是不可能找到的。

櫂人連話也沒說，就這樣眺望龍飄浮著。弗拉德的石頭在口袋底部蠢動。然而，櫂人卻無視它。現在沒空搭理他，追尋的聖女就飄浮在眼前。

然而，究竟該怎麼做才好呢？櫂人不得而知。

（到底要拿牠怎麼辦啊？）

人類抱有的尺度觀念，與眼前的存在過於背離。他茫然地眺望將影子落至大地的巨軀，以及埋在牠胸前的女人身影。「至高肉龍」沒完沒了地飄浮著。

然而，有如風止般的寂靜時間，以暴力般的形式迎來終結。

低沉聲音毫不留情地響起。

「『重現串刺荒野（Impaled Victim）』。」

咚咚咚咚咚咚咚咚咚咚咚咚咚咚咚咚咚咚咚咚咚咚咚咚咚咚咚咚！

無數紅色花瓣散布，大量鐵樁射出。寂靜被破壞，血花飛濺。

成千鐵樁刺進「至高肉龍」的身體。

＊＊＊

空氣激烈震動。「至高肉龍」應該的確發出了強烈悲鳴。然而，櫂人卻聽不見那聲音。看樣子似乎不是人耳可以捕捉到的音律。

「至高肉龍」在空中扭動身軀，痛苦地掙扎。鐵樁陸續從顫抖的肌肉中脫落。它們與轟音一同刺進冰之大地。同時，龍的傷口迸射大量血液。

沾上的鮮血有如湖泊般在冰面上擴散。然而就算在震動，巨大水滴仍然停留在空中。球體嘎然而止。

「────咦？」

「────哼！」

瞬間，血之球體一齊飛向伊莉莎白。窄道上無處可逃。

這樣下去的話，櫂人他們也會被捲入其中。然而，伊莉莎白卻不慌不忙地揮出弗蘭肯塔爾斬首劍。刷的一聲，黑闇與紅色花瓣擴展在奈落深淵上方。

它們消失後，鎖鍊有如網子般覆蓋了洞穴。

伊莉莎白心情不悅喀啦喀啦地弄響脖子。

「看到『肉販』掉下去的模樣後才想到的……余也真是的，晚了一步吶。嘿咻。」

伊莉莎白有如在雜耍般身輕如燕地躍上鎖鍊。在纖細的鐵環上，她輕而易舉地穿著高跟鞋奔馳而出。是無意傷害自身之敵以外的對象嗎？龍的血液自動追蹤伊莉莎白。無數紅色球體有如野獸般追在她身後。

伊莉莎白輕盈地，輕飄飄地，優雅地在鎖鍊上起舞。

鮮血散彈掠過她的殘像，一一散落。它們接觸鎖鍊，一邊有發出有如在熊熊燃燒般的熱氣，一邊消失至洞穴底部。

「至高肉龍」一邊不規則地上下搖動，一邊發出低吼。有幾根鐵樁仍然插在那副身軀裡面。就現狀而論，龍只是活靶。櫂人回想起自己聽過的事。

（雄性「至高肉龍」，在過去被商人一派狩獵。）

既然如此，別人不提，「拷問姬」沒道理殺不了雌性。

伊莉莎白抓住鐵鍊，輕盈地上下顛倒。躲過狙擊腳邊的血液後，她弓起背部輕飄飄地著地。伊莉莎白毫不留情地彈響手指。

「——————『貪欲的蜘蛛（Arachnophobia）』。」

高空中產生新的紅黑旋渦，兩把鐵製鉤爪從中伸出。

有如留著長指甲的女性雙手般，分成四根的前端飛向「至高肉龍」。

就像小孩毫無惡意地對小動物做出的行為那樣，鉤爪一把抓住巨大飛翼根部，一邊將銳利尖端咬進去，一邊高高地抬起龍軀。

空氣再次激烈地震動，聽不見的吼叫聲響徹四周。迸射而出的血液融化冰面。

鉤爪在空中嘎然而止，就像它聽見悲鳴似的。它已經什麼都不用做了。「至高肉龍」開始因自身重量而下墜。每下墜一點，飛翼就會從刺了鉤爪的根部啪嘰、啪嘰地裂開。落下速度也漸漸加快。

「至高肉龍」一邊被扯裂飛翼，一邊落下。

滋嗡嗡嗡嗡嗡嗡嗡，現場響起肉塊狠狠摔上大地的沉重震動。

「世界的盡頭」發生地震，那股衝擊當然也搖晃了櫂人他們站立的小道。

眼看就要摔落奈落深淵之際，他們迅速抓住佈在洞穴上的鎖鍊。琉特一度摔倒在鎖鍊上，所以他慌張地爬回窄道。櫂人用拳頭擦拭噴出的冷汗。

「總、總算勉強站穩了。」

「蠢材，現在才正要開始！快逃吧！」

伊莉莎白的怒喝聲響起。咦——櫂人眨了眨眼睛。

同時，他聽見喀嘰喀嘰的細微聲響。在理解那是什麼聲音前，櫂人就感到激烈的惡寒。

在那之後，那股不祥的預感被證實無誤。

窄道發出啪喀聲，冒出一看就知道是致命性的龜裂。

櫂人猛然抬起臉龐。在不知不覺間，伊莉莎白衝過鎖鍊，完全橫渡至遙遠的對岸。她在平安無事的地面上揮舞手臂，大聲地喊道：

「動作快！再這樣下去會被捲入崩塌之中喔！」

「就算妳突然這樣講我也——！」

「你啊(Mister)，不是突然喔。【有那種程度的質量落下，給我事先預料到吧！】」

「失禮了，櫂人大人！我可不打算把心愛的您交給奈落深淵！」

貞德已經抱著伊莎貝拉跑了起來，小雛一把抄起慢半拍的櫂人的腰。

在那瞬間，她腳邊的冰層爆開。被公主抱的櫂人，就這樣回頭望向後方。小道已經開始崩落，冰層發出有如鏡子被摔碎的聲音，漸漸崩塌。

冰層一邊發出閃亮亮的光輝，一邊消失在暗闇裡。

受到本能性的恐懼驅使，櫂人吞下口水。小雛有如子彈般不斷加速。

原本在道路後方的琉特，拚命地在她前方狂奔。然而，或許是因為防寒衣物的重量，他的速度很慢。小雛才一轉眼就跟他並行了。

思考了一瞬間後，她重新將櫂人抱在腋下。

「櫂人大人，或許會很難受，請您暫時忍耐！琉特先生，失禮了！」

「什麼啊！」

小雛伸出空著的那隻手臂，也抄起了琉特強健的腰部。意想不到的臂力令琉特發出驚叫聲。他反射性地垮下耳朵，尾巴也夾了起來。

崩壞發出喀喀喀喀的聲音不停進行，只要速度稍緩就會被深淵吞沒吧。

「————喝！」

小雛重重地踹向地面，女傭服裙襬輕飄飄地散開。冰道在她腳底發出閃亮光輝崩落了。

小雛踹開雪花結晶，就這樣在冰面滑行著地。

被抱住的兩個大男人發出慘叫，還疊上喀啦喀啦的華麗聲響。

櫂人跟琉特怯生生地望向後方。

殘留在龜裂與龜裂之間的窄道已不復存在。因為阻隔之物消失，如今兩條大龜裂宛如大河般連繫在一起。在那前方，可以看見還張著部分鎖鍊的洞穴。

琉特全身一顫，他臉頰的毛倒豎起來。

「好、好險啊……想不到居然勞煩小雛大人出手搬運……哎呀，雖然很可悲，不過還是容我在此道謝。這份恩情我絕對不會忘記。」

「謝、謝謝了，小雛……老是被妳救……還有──」

櫂人目不轉睛地窺視洞穴對岸的模樣。

在那兒，「至高肉龍」在一整面的鮮血湖泊上方痛苦地掙扎著。不久後牠激烈地痙攣，最後停止動作。紅色寶石仍舊在屍體胸口處散發光輝。

白皙女人有如被封閉在琥珀裡的蟲子般沉眠於其中。

櫂人茫然地想起以前貞德講給自己聽的話語。

『吾等的救世是屠殺惡魔，是弒神──而且，也是殺人。』

「…………意思是那個時刻終於來臨了嗎？」

此時此刻，聖女墜至他們也殺得到的位置。

＊＊＊

在「世界的終點」，瀨名權人如此心想。

終結的時刻終於到來。只要按照當初的預定，此時於此處殺掉聖女就行了。

自從耳聞「肉販」的孤獨獨白後，支持聖女生存下去的想法就從他心中潰散了。破壞世界、進行重整的人物存活至今，本來就是一件不自然的事。

在這裡，人類會失去聖女，世界會避開毀滅。如此一來，就是可喜可賀的結局了。童話，總算結束。

（……真的嗎？）

「那麼，余要上了喔。因為會礙事，所以你們就這樣在這裡等！」

「請稍等，我也要去……不，請讓我同行吧，『拷問姬』！」

貞德回應伊莉莎白從對岸發出的呼喚。然而，她卻用面無表情卻又很困擾的模樣，將視線落向懷中的女性。伊莎貝拉有如嬰兒般繼續沉睡。

貞德溫柔地撫摸有一半以上已經金屬化的臉頰，她輕聲低喃。

「…………惹人憐愛的妳。」

抬起臉龐後，貞德望向琉特。離開小雛的臂彎後，他盤坐在地面上。貞德緩緩接近琉特。琉特連忙起身，毛髮倒豎表示警戒。在他眼前停下腳步後，貞德輕輕遞出伊莎貝拉。

琉特露出困惑的模樣。他一邊將毛髮軟軟地回復原貌，一邊將伊莎貝拉接過來。

貞德輕輕撫去掉在伊莎貝拉臉上的銀髮，她小聲地懇求。

「因為在這三人之中，你的手臂粗度看起來最好睡呢。交給你了，請務必不要離開她……這是我的重要之人。【別說她本人會覺得干我屁事，甚至還會感到麻煩吧！哎，初戀就是這麼一回事啦！】」

「重要……啊。我明白了，本人琉特必定會守護她！嗯？」

由於自己也是愛妻之人，所以才會被打動吧。琉特筆直地豎起耳朵跟尾巴做出回應。然而在那之後，他立刻想起貞德讓自己身負重傷的事實。

唔唔——琉特扭曲鼻頭。貞德朝他深深地低下頭。

「————萬分拜託了。」

櫂人跟小雛感到微微的衝擊。金色「拷問姬」初次像這樣擺出謙遜的態度。琉特咕的一聲說不出話，然後用嚴肅神情點點頭。

「好吧……雖然跟妳有舊仇，卻跟伊莎貝拉大人無關。而且就算是怨恨之人，我也無法捨棄別人的心上人。既然交託給我，我就會確實負責。」

「感謝。【謝謝嘍，好應付的狗狗】。」

「妳少說一句話啦！」

貞德背對琉特的怒喝聲，就這樣發足急奔。她沿著洞穴邊緣趕往伊莉莎白身邊。蜜色光輝漸漸遠離櫂人的視野。他留在原地。

就算櫂人過去好了，也只會礙事吧。之後就是那兩人讓這一切閉幕了。

「皇帝」保持沉默，似乎已經對事情的演變不感興趣了。口袋裡的石頭還是在發熱，然而，現在還不是跟弗拉德講話的時候。

櫂人目不轉睛地凝視紅色寶石中的女性。

雖然還很遠，不過由於「至高肉龍」墜落之故，聖女的裸體已經近了許多。那副姿態果然毫無防備。只要殺掉她，與重整有關像是惡夢般的騷動就會迎來完結吧。

（————真的嗎？）

簡直像是事不關己似的，櫂人腦海裡浮現這個疑惑。

回過神時，他的心臟發出討厭的鼓動。全身猛冒汗，變得不知道自己在想什麼，櫂人感到困惑。他用力壓住額頭。

「櫂人大人？心愛的櫂人大人，您怎麼了呢？氣色似乎不佳呢。」

「不……沒事。沒什麼……應該沒事才對。」

小雛擔心地輕撫他的額頭。櫂人一邊感受那些指尖的柔軟度，一邊如此回應。然而在腦海裡，不同於那個冷靜的自己的——另一個仍是小孩的自己天真地詢問。

（是貨真價實地——結束了？）

（……不，沒錯。確實有地方怪怪的。不過，是哪裡怪呢？）

櫂人無法順利地察覺到那件事。然而，違和感卻從頭蓋骨內側敲敲打打，甚至已經用力得令人難以忍受。他被異樣感覺擺弄。櫂人並不是想要阻止聖女被殺害。就現狀而論，無疑只有這個選項才對。然而，有什麼地方不對勁。

（我真的真的——真的認為這樣，就結束了嗎？）

你傻了嗎！仍是小孩的自己如此嗤笑。

好好仔細思考吧，自己心中冷靜的部分如此囁語。

這麼一說，櫂人他們仍然把數個問題晾在一邊。

（為何「守墓人」要在伊莎貝拉身上動手腳？為何對伊莉莎白送上祝福，以接近自殺的形式毫無抵抗地死去？為何「肉販」要特地找來我們？刻意等我們來，然後才讓「至高肉龍」覺醒呢？）

就在此時，櫂人察覺到一個意想不到的事實，所以感到毛骨悚然。

公平地寄送給所有種族的邀請函上面，添加了一句話。

（『不論是起始或是過程跟終結，均在神的掌握之中。欲否定此言，便前往【世界的盡頭】。』——「肉販」只沒對我們送上這句話。）

這該不會是一件相當恐怖的事吧。

同時，至今為止都沒試著去考慮過的疑問浮上櫂人的腦海。

「肉販」曾云，如果要說這個重整騷動是不是自己所願，事情並不是這樣的。使徒跟狂信者都只是想實現聖女的心願罷了。然而，究竟有誰說過重整就是聖女所願呢？

根本性的疑惑刺入櫂人腦袋，他拚命探索記憶。

（沒錯，「守墓人」有說過！）

她曾表示「聖女大人與神明長年以來，其真意便是以世界重整為目標。既然如此，吾等的消滅也是值得欣喜之事。」然而，「重整這個結局」真的就是心願嗎？「為了實現心願，有必要將重整做為過程迎接」的可能性不存在嗎？

如果是這樣的話，聖女真正的願望是什麼呢？

「————好、燙！」

就在此時，櫂人的思緒被強制性地中斷了，因為口袋裡的石頭發出高熱。究竟是怎樣了

——櫂人正要發出咂舌聲，卻猛然驚覺。

（至今為止，弗拉德從不曾如此堅持地要我放他出來。）

弗拉德想要訴說些什麼。

櫂人連忙將魔力灌入石中。蒼藍花瓣與黑闇在空中飛舞。在那之後，身穿貴族風服裝的

男人站立著。他沒像平常那樣耍帥擺出姿勢。

弗拉德軟軟地垂著手腳，就這樣回頭望向櫂人。看見那對紅眸後，櫂人摒住呼吸。被煮乾的激烈瘋狂與炙熱思緒，在弗拉德眼中捲動著旋渦。

『────────────────為什麼？』

「……………………啊！」

『為何直到現在都不放我出來，【吾之後繼者（My Dear）】？』

「抱、抱歉。我沒想到你居然有事情想要傳達。」

『不，算了。反正也還沒。我的思緒也還沒整合好。』

弗拉德無視櫂人的道歉，開始嘀嘀咕咕地喃喃自語。他有如被某物附身般抓亂黑髮。弗拉德弄亂平常毫無破綻的整齊髮型，持續思考著。

『走到死胡同的話就回到原點吧。是從哪邊開始產生違和感的？沒錯，是從【守墓人】的言行開始的。看樣子一切似乎都在聖女掌握之中。既然如此，是從何時開始這樣的？為了防止重整，金色【拷問姬】被造了出來。這是掌握之外？或是意料之中呢？』

寒意再次竄過櫂人背脊，這是他甚至沒想像過的觀點。

進行重整之人與防止重整之人。在聖女眼中，兩者看起來是怎樣子的呢？

『鍊金術師們製造金色【拷問姬】時，就有掌握到黑色【拷問姬】的存在，並且以此作為參考。然而，不見得需要兩個人。他們也可以請求黑姬幫助。不過，他們並未拜託意外出現的她。恐怕為此而生存至今的尊嚴，讓一族試圖讓黑色【拷問姬】當金色【拷問姬】的隨從，說到底仍是由自己這群人的作品為主力防止重整……如果連這個自尊心都被料中呢？』

「如果連另一名『拷問姬』的製造都被料中……究竟會變成怎樣？」

『沒錯，是兩個人。【守墓人】也說過！應該注意的焦點是，就結果而論所產生的數量！』

弗拉德有如發狂般大叫。小雛對這種亢奮的模樣做出反應，將櫂人護至身後。

櫂人愕然地反芻「守墓人」的話語。

（「那隻負責領路的小龍就是證據。是使徒尋求兩個人的證明。」）

『以重整為目標以及防止重整的人們，只不過是經歷同樣的過程。【發現、遭遇聖女】……對【肉販】來說，黑色【拷問姬】的反抗好像出乎意料呢。在她出現之前，他應該是率直地以世界重整為目標才對。然而，那個目的卻因為黑色【拷問姬】的出現，以及隨之而來的反抗者們製造出金色【拷問姬】而變成聖女更加希望的形態……啊啊，啊啊…………沒錯！』

「什、什麼啊？」

『【兩個人的意義】。』

弗拉德猛然瞪大眼睛。以那句話為導火線，櫂人也開始高速地運轉思緒。為何「肉販」，為何聖女需要「兩個人」呢？這個人數有何意義？

（擁有卓越力量的兩名女孩到齊時，會發生——會引發什麼事嗎？）

櫂人回頭望向後面。在洞穴的另一頭，伊莉莎白與貞德正好站到了結晶前方。兩人流暢地舉起白皙手臂。紅色花瓣與金色花瓣捲起旋渦。

凝視兩道美麗的背影，弗拉德用沙啞聲音喃道：

『兩名「拷問姬」——是神與惡魔。』

櫂人不懂此話真正的意義，只是直覺性地理解話語中的不祥感。弗拉德的低喃也可以說像是神諭，就算以櫂人的遲鈍也能明白。具有致命性的某種歪斜，正以現在進行式發生中。那是一度發生，就再也無法挽回的事情。

那是絕對不能發生的事情。

「停止，住手，快逃，快逃啊，伊莉莎白啊啊啊啊啊啊啊啊啊啊啊啊啊啊！」

櫂人衝動地大吼，那道聲音刺耳地撕裂寂靜無聲的空氣。

伊莉沙白搖曳黑髮回過頭，美麗的紅眸映照出櫂人。

她露出「你究竟在說啥話啊？」的這種、略微鬆懈的表情。

那張與平常實在太如出一轍的表情，不可思議地深深烙印在櫂人眼底。

就在此時，某物啪的一聲從背後抓住她的手腕。

櫂人確實有看見。紅色結晶中伸出了兩隻白皙手臂。有如屍體般的慘白手指，拘束住黑與金的「拷問姬」手腕。伊莉莎白與貞德瞪大眼睛。在不知不覺間，結晶表面變得柔軟而濕潤，而且在震動。頭部跟在手臂之後從裡面被擠出來。

女人用像是被生下來的動作，從結晶中滑順地出現。她啪滋一聲，難看地掉到地上。女人甩甩頭後，紅色水滴飛散。櫂人有所領悟，那就是沿著臉頰滑落的淚水。聖女抬起臉龐。她用有如波浪般傳至櫂人那邊、不可思議的甜美聲音低喃：

「啊啊——總算過來了呢。」

——我的，新的聖女們。

這句宣言中，蘊含了深不見底的瘋狂，以及駭人的意志。

在那瞬間，女人的掌心噴出紅色花瓣與金色花瓣。兩種顏色裹住兩名「拷問姬」。伊莉莎白試圖呼喚拷問器具。然而，花瓣卻湧向那對唇瓣與花瓣，將其封住。貞德自然

而然地遊移視線。她在找尋「機械神（Deus ex machina）」。然而，如今它們正在擔任伊莎貝拉的活體零件，已經無法前來幫助主人了。

「原來如此——這倒是意料之外。」

貞德微微一笑，如此低喃。

這變成了最後的話語。

兩名「拷問姬」被紅色花瓣與金色花瓣完全覆蓋。

即使如此，裸體女人仍是抓著她們的手腕沒有放開。聖女噗滋噗滋地扯斷令人聯想到微血管的紅色管子，一邊將腳尖也拔出結晶之中。

抬起臉龐後，完全自由的女人張開唇瓣。

潔白至異樣程度、形狀佼好的整排貝齒微微露出。

「哈哈……啊哈哈哈哈哈哈哈哈，啊哈哈哈哈哈哈哈哈哈哈哈哈哈哈！」

聖女開始哄笑，發狂般的笑聲撕裂大氣。

櫂人一邊感到戰慄，一邊試圖攻擊，卻又打消念頭。他無法從嗤笑的女人身上感受到力量。

（——這傢伙，只是普通女人。）

讓她以「受難聖女」之姿存在著的事物，已經轉移了。

轉移至兩名「拷問姬」體內。

在那瞬間，櫂人聽見從耳膜內側發出的聲音。小雛也壓住耳朵，琉特簡短地發出叫聲。

那是由所有語言編織而成的。人與獸人還有亞人跟動物還有魚跟蟲子，以及不存在於此處的異界語言，傳達至世間萬物的話語，以無人能夠理解的怪聲成形了。

那是從很遙遠很遙遠、持續沉眠於王都地下深處的存在所發出的聲音。

『——————早安。』

櫂人本能性地察覺。從契約者的命令下得到解放，初始惡魔從搖籃中消失了。

如今，祂轉移至新的契約者之下——伊莉莎白・雷・法紐體內。

愚昧羊群的認知

神

創造世界的存在。曾寄宿於「受難聖女」之身，重整世界，製造出如今的人界。

惡魔

破壞世界的存在。只有在神想要放棄世界時才能干涉人界。然而，與契約者融合時卻是例外。祂們雖會讓契約者的肉體變形，卻也會賜予莫大的力量。至今仍未顯現擁有之力足以破壞世界的惡魔。

聖女

曾讓現世之神明寄宿於肉身的女性。是所有人的母親。為了孩子而犧牲的女性。「受難聖女」。是比任何人都還要尊貴的存在。

某人的低喃

「欸，關於流傳於現世的、跟『我』有關的話題，
跟我的真實面貌大為不同。
既然如此，打從開始到結束，
由隨便某個人來承擔一切應該也沒關係才對。
明明是這樣才對，為何是我呢？為何不是你呢？」

「我痛切地這樣想，誰能責備我呢？
你們有這種權利嗎？明明什麼都不曉得。
明明什麼都不去曉得的說。」

「我不是聖女，不是受難之女，不是尊貴之人。
我只是一介罪人，狂人罷了。」

「即使如此，我還是……」
「一直都是，孤身一人。」

9 在終焉之中

弗拉德嚴肅地開始訴說。

這不是什麼童話，事態的全貌是喜劇(Farce)。

『一切都是從【肉販】，他將聖女所託付的惡魔肉賣給我的那一刻開始的。』

在世界重整中也出力的男人，像這樣開了第一槍。

吃下惡魔肉，從人類痛苦中聚集力量後，弗拉德藉此召喚了「皇帝」。他協助了其他想要進行召喚的人，也負責擔任指導者。結果，十四惡魔的大軍誕生了。

在這個時間點上，「肉販」的目的是要讓形成一大勢力的惡魔們蹂躪世界，藉此讓聖女覺醒，讓她變成能夠揮灑重整之力的狀態吧。他之所以選擇弗拉德，應該也是認可他具有統合每個惡魔，將其化為勢力的想法與才能之故。然而，卻有人挺身而出反抗惡劣至極的劇本。

吃下惡魔肉，拷問人們，得到反擊之力的女孩。

稀世大罪人，「拷問姬」伊莉莎白・雷・法紐。

也是在教會的命令下，她開始狩獵十四惡魔。

傳出弗拉德被捕的消息後，「肉販」開始定期前往伊莉莎白那邊，持續觀察情勢。

在這段期間內，暗地裡還有另一派在活動著。是從遙遠昔日就消失行蹤的鍊金術師一族。他們預料初始惡魔會出現，為了防止重整，他們花費了長久的時光。

自從十四惡魔們失控以來，他們就推測「那個時候」近了，因此參考黑色「拷問姬」製造了金色「拷問姬」。此時沒採取支援黑色「拷問姬」的形式，而是一昧將事情託付給自己的最高傑作，是他們的志氣與自尊心造成的致命性失誤。

掌握兩名「拷問姬」的存在後，「肉販」改變方針反過來利用鍊金術師的目的。「肉販」將兩人引導至世界的盡頭，犧牲自己讓她們遇上聖女。再加上察覺到使徒意圖的「守墓人」之活躍，她們束手無策地被囚禁了。

然後，聖女將自身所背負的神與惡魔之契約，轉移至世間罕見的容器——兩名女孩體內。

『到頭來，聖女的願望是什麼呢？』

原本在聖女的命令下，「肉販」是以世界重整為目標的。然而，事到臨頭卻改變目標，決定將束縛聖女的神與惡魔的契約轉移至兩名「拷問姬」身上。然而，就算是那兩人也無法承受契約，因此十多天後世界甚至不會迎接重整，就這樣抵達終焉吧。

『就算從這個事實推斷，也可以曉得聖女的願望並不是【世界重整】。聖女恐怕只能在世界因惡魔而受到致命傷的那個階段，才有辦法行使神力吧。只有世界重整之際，她才能在有辦法自由操控兩者的狀態下覺醒。只有這個時刻，她才有可能「放棄」雙方的力量。』

重整時，世界會處於白紙化的狀態，一旦放棄契約，一切便會毀滅。然而作為代價，聖女會有一瞬間得到解放。如果將契約轉移至兩名「拷問姬」身上的話，自由期間就會延長至十多天。

也就是說，事情就是這麼一回事。

『不論是自己死掉或是世界毀滅都無所謂，想暫時從肩上卸下重擔。就只是這樣吧。』

聖女想要捨棄昔日背負的罪行與責任。恐怕在白紙的世界裡準備進行重整時，在她心中對萬物的憎恨，以及對自身不死之軀所感受到的恐懼也不斷肥大化，然後逐漸變形為瘋狂吧。結果，聖女在重整的世界上安裝了定時炸彈。

『意思就是【肉販】為了定下的日期而行動，吾等則是一直隨之起舞。』

櫂人聽著弗拉德推測，連一聲應和都沒發出。

他枕著小雛的膝蓋，一邊橫躺在冰冷又厚重的石板鋪面上。

櫂人他們已經不在「世界的盡頭」了，他們回到了伊莉莎白的城堡裡。

小雛與琉特、以及伊莎貝拉在城主的寢室、空無一物的地板上休息。琉特就像失了神似的，抱著伊莎貝拉一動也不動。「皇帝」也一直沒有出現。

弗拉德飄浮在三人面前。他優雅地蹺起腳，宛如上完課似的保持沉默。櫂人維持躺姿，就這樣沒做出任何反應。他的額上浮現汗水。如今他緊緊咬住牙根，忍受痛苦的波濤。隔了數分鐘，櫂人激烈地猛咳，然後吐血。

小雛有如不讓血跑進氣管似的將血擦去，一邊輕撫他的額頭。

「請振作，櫂人大人……啊啊，我該如何是好。」

『那麼，你沒事嗎，【吾之後繼者(My Dear)】？我這番話語有可能都是在白費力氣嗎？』

「……這一點你放心……我都有、好好地、聽進、去……咕！」

櫂人再次發出苦悶聲音，小雛慌亂地拭去他額頭上的汗水。

櫂人一邊壓抑從體內湧出的激烈痛楚，一邊反芻弗拉德的話語。同時，他也茫然地遙想起一件事。那是貞德不知該做何選擇時所思考的事。

伊莉莎白，黑色「拷問姬」說她不會後悔。她沒有試圖捨棄自身的罪行。然而，貞德又是如何呢？如果後悔的話，那麼救世之後她手中還殘留著什麼呢？如果說什麼都沒剩下的話，這——

（可以說是拯救了些什麼嗎？）

正如櫂人所言，這就是弄錯選擇的實例吧。

聖女沒能徹底捨棄後悔，就這樣進行了重整。結果，她將一切全部拖下水崩壞了。只靠著罪惡感跟義務感就化為「受難聖女」，此事對人類而言實在過於殘酷。然而——

（卻也不值得同情——這種事怎樣都行，怎樣都無所謂，混帳王八蛋！）

櫂人再次吐血，用指甲刮著石板鋪面。他一邊磨削指甲，一邊有如吼叫般思考。

（把我的伊莉莎白還來！）

無聲的痛裂吼聲耳已經傳不到她耳中了。「世界的盡頭」太遠了。然而，另一道聲音卻有如回應似的傳向這邊。岩石打造的城堡被森林圍繞，距離人家也很遠。

應該是這樣才對，城堡周圍卻充滿人的叫聲與笑聲。

發出那些聲音的人，並不是人類。

如今，外面的世界化為地獄。

惡魔的隨從兵一邊嗤笑，一邊飛過窗外。貌似猴子的其中一隻探頭窺視室內。

櫂人閉著眼睛，就這樣彈響手指。他準確地用利刃斬落隨從兵的雙翼。牠發出吵鬧悲鳴，悽慘地摔落。櫂人立刻忘了牠的存在。

（……………伊莉莎白。）

他再次吐血，一邊遙想不久前發生的事。

櫂人自然而然地回想過於衝擊的光景。

＊＊＊

首先是，裹住伊莉莎白與貞德的花瓣全部消失了。她們突然得到解放。乍看之下，身體並未出現變化。兩人露出「究竟發生何事」的訝異表情。

瞬間，殘酷的變化毫無前兆地開始了。

「————————嗚！」

「妳（Lady）怎麼了，嗯！」

伊莉莎白的肩膀與貞德的手臂流出一絲鮮血，簡直像是用利針刺進皮膚似的。然而，那並不是受到某人攻擊。某種擁有軸心又利又硬——卻又很柔軟——的東西，從內側突破她們的皮膚。伊莉莎白的肌膚長出黑色羽毛，貞德則是長出白色羽毛。

乍看之下，這是很異樣的狀況。人的皮膚長出了一根羽毛。

「這是……」

「該不會。」

兩人面面相覷。然而，她們並沒有時間談論襲向自身的現象。

噗滋一聲，討厭的聲音響起，兩人身上凸出新的羽毛。

簡直像是塞在枕頭的羽毛突破包圍似的。有如從孔洞中拉出般，羽毛流暢地從她們的體內出現。肌膚上方再次流下紅色鮮血。

櫂人感受到不好的預感，那個預感立刻就命中了。

噗滋，噗滋，噗滋噗滋噗滋噗滋噗滋噗滋噗滋噗滋噗滋噗滋噗滋噗滋噗滋。

————噗滋。

光是聽聲音就會起雞皮疙瘩般的聲音連成一串。它們侵蝕的模樣看起來也像是植物發芽似的。就像隨意散布的種子，不管自己身在何處便咬破大地般，羽毛從人體上的每一個角落長了出來。臉頰跟背部，眼球與唇瓣，甚至連牙齦都爆出那些東西。

伊莉莎白與貞德全身顫抖。她們明顯在品嘗著強烈的劇痛。才一轉眼，「拷問姬」們就變成像是剛出生的雛鳥模樣。

伊莉莎白與貞德，漸漸被強制性地變成另一種存在。

如此理解的同時，櫂人從遭受打擊的狀態中復原。小雛似乎也一樣。

「伊莉莎白！」

「伊莉莎白大人！」

「別過來啊啊啊啊啊啊啊啊啊啊啊啊啊啊啊啊啊啊啊啊啊啊！」

像是野獸的咆哮聲轟響。

伊莉莎白一邊吐血，一邊發出喝聲。

權人他們不由自主地停下腳步。從「拷問姬」她們身上長出的無數羽毛，在那瞬間以爆發性的勁道伸長。黑色與白色的一片片羽毛，逐漸成長進而巨大化。它們互相疊合，形成兩對翅膀，卻無法徹底撐住自己的重量，就這樣咚的一聲倒下。歪斜翅膀無數次地掙扎。

結果，它放棄飛上高空。相對地，濕答答的翅膀有如兩隻手臂般用力推向大地。處於中央的伊莉莎白與貞德的身軀，自然而然地被抬起。在上下顛倒的羽翼支撐下，兩位「拷問姬」被吊到半空中。

紅與金的花瓣從那兒輕盈地，輕飄飄地散落。花吹雪漸漸散布至整個世界，就像在代替已經停了的雪似的。美麗卻又扭曲的光景令權人瞪大眼睛。

花瓣，正從兩名「拷問姬」的唇瓣中掉落。

數片紅與金的花瓣互相連接，形成花的本體。花朵妝點伊莉莎白與貞德，而且荊棘還有如蛇一般捲住兩人的身軀。它有如在說不讓妳們逃走似的，將主人束縛住。

在最後，荊棘有如寶冠般裝飾了兩人的頭部。

被綁在半空中的模樣，就像是被釘在十字架上似的，同時看起來也很崇高。

她們的模樣像是罪人，也像睥睨萬物的王。

聖女仍在嗤笑。櫂人背對瘋狂的哄笑，就這樣想起「守墓人」的話語。

『願神，祝福妳（哈雷路亞）。』

（那句話，指的就是這種變形嗎？）

從兩人的變化中，櫂人領悟到聖女是多麼優秀的容器。雖然讓惡魔沉眠，不過將神寄宿在現世肉身上又能保有人類原型的這件事本身就已經是奇蹟了。不只如此，不讓兩者失控，可以說是已經沒有讚美詞適合用來形容的偉業了。然而，如今聖女卻放棄繼續堅持下去。結果就是眼前的光景。

櫂人不得不理解，那東西正是災厄。

黑與紅，白與金構成的雙柱，是一切事物的終結者。

（騙人的吧，居然親眼目睹世界終結……這是不可能的事吧？）

櫂人因自身無力，而久違十多年地湧上一股想要哭吼的衝動。因為絕望，他想跪下膝蓋，想要感到膽怯，想要大聲痛哭。只要是生物就無力對抗的恐懼感玩弄了他。然而，櫂人硬是扼殺那一切，將它們吞下肚內。他向前走出一步，小雛連忙叫道：

「櫂人大人，很危險！櫂人大人！」

「我明白——不過，我不能只是眼睜睜地旁觀。」

不能向恐懼與絕望屈服。就算無可抵禦的終焉硬生生被擺至眼前，也絕不能無力地悲嘆。要說那是為什麼的話——

（在那中心處的人是誰？）

櫂人抬頭望向遙遠的頭頂上方，那兒有一個女孩閉著眼睛。

幫助他的人，經常露出天真笑容的女孩被釘在那兒。

她不是聖女，原本甚至不是「拷問姬」。

她是伊莉莎白・雷・法紐。

是瀨名櫂人憧憬的女性。

「伊莉莎白！」

櫂人呼喚她的名字，揮去貫穿身軀的膽怯後，他衝向柱子。

櫂人是這樣想的。何謂恐懼，絕望又是何物。世界的終結又是怎樣的東西。

（比起那種事，對我而言失去妳要可怕多了。）

瀨名櫂人發過誓，直到伊莉莎白・雷・法紐死亡前，都要待在她身邊。

他不想違反這個約定。

櫂人抵達伊莉莎白所在柱子的底部。他把手放上纏住她羽翼的其中一條荊棘。肉被扯裂，激痛竄過身軀，簡直像是狠狠抓向帶刺鐵絲。然而，他並沒有放手。把鞋底放上荊棘後，櫂人開始試著攀登翅膀。

他將獸手與人手都弄得又紅又濕，試圖接近被囚禁的女孩。

「伊莉莎白！——————嗚！」

在那瞬間，羽毛與荊棘增殖了。櫂人眼看著就要被裹入其中。然而，卻有人在千鈞一髮之際將後領扯向後方救出他。小雛——櫂人正要叫出聲，不過他錯了。

他回過頭，出現在那兒的是意料之外的對象。

「——————『皇帝』？」

『就算對方是遠為高位的惡魔，只要你是吾之契約者，吾就不准你難看地被吃掉喔，不肖之主喲！哎！想不到竟會變成這樣……吾還以為這狀況很無趣，所以只是旁觀著，如此一來吾不就是呆子了嗎！不悅至極，實在是不悅至極呢！』

有如吼叫般大叫後，「皇帝」將櫂人拋至半空中。至高獵犬同時消失。衝至旁邊的小雛勉強接住了櫂人。翠綠眼眸累積了大顆淚珠。

就是因為明白櫂人的心情，她才沒能出手阻止而晚了一步吧。

小雛緊緊地，很用力地擁住櫂人。

「櫂人大人，我明白您的心情！我也……小雛也絕對不要伊莉莎白大人不在！可是，現在請務必忍住。您都渾身是傷了。」

「抱歉……小雛，我——」

櫂人一邊輕撫她的背部，一邊確認四周。在不知不覺間，弗拉德也移動至雙柱前方。他大大地展開雙臂，雙眼發亮眺望「拷問姬」她們的變形。

「——完美……美麗又醜惡無比……啊啊，只有完美可以形容。」

那副表情，就像孩子眺望流星雨般純真無邪。然而，他忽然露出認真表情。

急速變回冷靜至極的態度後，弗拉德開始思考起某事。

『——不過吶，唔。』

在這段期間內，「拷問姬」她們仍然持續變形。膨脹的羽翼與荊棘潛進冰之大地下方，開始侵蝕它。乳白色天空也急速地開始變渾濁。虹色薄膜凍結成鉛灰色。

惡魔與神的柱子，無止境地變寬變高，不斷伸長它們的手臂。

「…………這不是，結束了嗎？」

聽見顫抖的聲音後，櫂人望向腳邊。琉特腿軟癱在那兒。他完全夾起尾巴，即使如此，卻還是緊緊抱著伊莎貝拉。

琉特品嘗著的絕望，恐怕比身體感覺遲鈍的人類還要強烈許多倍。

持續成長的異貌就在眼前，他茫然地低喃：

「如此一來……如此一來，一切就都結束了……這種東西根本沒辦法……」

（的確，正如琉特所言。）

櫂人如此思考，神與惡魔都是人不能觸碰的禁忌存在。

兩者會像在說「這才是自然」似的，將這片大地變成生物甚至無法呼吸的場所吧。而且，最後世界那邊也會無法承受而破碎四散。

雙柱順利地持續成長。不過，它們倏地一震，暫時停止了那種變化。

荊棘表面蠕動。雙柱各自伸出一隻顫抖的手臂。「拷問姬」她們硬是動了起來。兩人閉著眼睛，就這樣連同皮膚一起扯裂束縛自身之物。

她們高高地舉起手，無聲之聲確實響起了。

——速速，逃離。

——你們(The Fool)，快逃。

兩人同時彈響手指。黑色暗闇與白色光芒奔出，紅色花瓣與金色花瓣飛舞。

它們以櫂人等人為中心，開始形成圓筒狀的牆壁。冰之大地漸漸被刻下移動陣。

「————唔！」

櫂人衝動地打算要衝出去。他試圖要留在伊莉莎白身邊。然而，櫂人卻無法動彈。琉特的單臂與小雛的雙臂阻止了他。

通常受到一定程度以上的激情驅使，櫂人就會恢復冷靜。然而，在過分強烈的異常狀況面前，那個機能也壞掉了。他有如負傷野獸般亂動，一邊大吼：

「放開我，怎麼能讓伊莉莎白、讓那傢伙在那種狀況下孤身一人呢！」

「我理解您對主人的忠誠與親愛之情！不過，我琉特就算被怨恨也不會放手！現在留下來能做到些什麼，也請想想您的夫人吧！」

「嗚，可是！」

「……………櫂人大人，請您聽我說。」

小雛沒用粗暴的語調，而是突然輕聲低喃。她已經沒在哭泣了。

小雛只是用極清澈的翠綠色美眸映照出櫂人。

「如果櫂人大人說這就是自己的答案，就是自己唯一的希望，那小雛我會放手的。」

「小雛大人？」

「不過，到那個時候，我也會一同留下。」

小雛靜靜地做出斷言。有如在說隨櫂人去做似的，她溫柔地鬆開手臂。

櫂人屏住呼吸。小雛退向後方，朝他露出微笑。

「我會與心愛的您一同留在親愛的伊莉莎白大人身邊，然後滿懷喜悅地死去。」

那對眼眸裡完全沒有非難與憤怒神色，只是洋溢著純粹的愛情。

如果櫂人此時留下，小雛會不吐半句怨言地一同赴死吧。

正是因為如此，櫂人停下了。他才有辦法停下。

他有意識地深深吸氣，然後吐氣。不自然地灌入體內的力量，漸漸從全身散去。櫂人朝前方癱倒，小雛正面抱住他的身體。

櫂人輕輕在她懷中低喃。

「…………抱歉，我總算恢復冷靜了。我明明是妳的老公的說。」

「沒關係的。因為櫂人大人珍視的事物，小雛也一樣珍視。」

小雛輕輕撫摸櫂人的頭。他一邊依賴著這股暖意維持正常的精神，一邊思考。

（現在就算待在這裡也沒用，應該重整旗鼓。）

這樣下去，世界會結束吧。種族之間互相警戒，彼此試探利益的悠哉階段已經過去。現在必須集合所有人的力量，研擬對策才行。

正是因為如此，櫂人他們非回去不可。世界需要殘酷真相的目擊者。現在需要的就是情報。就算這樣思考，櫂人仍是在花瓣編織的光芒中抬起臉龐。

在他的視線前方，伊莉莎白用令人心痛的模樣閉著眼睛。

「………………啊！」

即使如此，還是存在著無法放棄的情感。

小雛有如察覺到什麼似的放開手臂。櫂人搖搖晃晃地朝前方走出數步。他將染成赤紅色的手掌伸向移動陣的邊緣。櫂人有如發作般，朝伊莉莎白大吼。

「別走……別走啊，伊莉莎白！」

（什麼別走啊！走的人明明是我吧！）

同時，櫂人在心中痛罵自己。打算逃離現場的是櫂人這邊。即使如此，亂七八糟的話語仍然源源不絕地溢出他的喉嚨。

「是妳召喚我的吧，伊莉莎白！妳把我叫來了這個世界！是妳要我當隨從的吧？然而，妳卻要孤身一人走掉嗎！」

手掌滴下血，淚水沿著臉頰滑落。

櫂人一味哭泣，一邊叫道：

「別丟下我，伊莉莎白！不要，我不要啊！」

櫂人伸出手，對觸碰不到的人發出訴求。

就像懇求「不要走」的幼小孩子似的，就像在說「好不容易才遇見」似的。

「比起世界毀滅，我更討厭沒有妳！」

伊莉莎白在那前方睜開眼睛。

「…………………………咦？」

在那瞬間，櫂人懷疑那是基於自身願望的誤認。然而，她確實將他映照在紅眼之中。伊莉莎白無聲地移動唇瓣。鮮血溢出她的嘴角。明明正在品嘗劇痛，她仍是將嘴唇弄成微笑的形狀。

然後，伊莉莎白低喃。

——你這個，蠢材。

聲音實在是太令人懷念了。

簡直像是要回握櫂人的手掌似的，伊莉莎白將顫抖的手臂伸向前方。荊棘有如要阻止似的纏上手臂。然而，伊莉莎白卻完全抗拒了荊棘。她筆直地伸出手臂。可是，櫂人的手掌很遠。再次輕輕一笑後，伊莉莎白放下手臂。

相對地，她再次彈響手指。那根指頭折斷了。血肉裂開，骨頭破碎。

即使如此，伊莉莎白仍是用有些溫暖的語調低喃。

——老是在那邊說不要、不要的，這麼討厭一個人的話，余就給你吧。

——是余輸了喔，稀世的蠢材。接受余的一切吧，隨你便吧。

紅色花瓣在空中飛舞，形成球體。它從惡魔之柱飛出，輕盈地在半空中飛舞。花瓣一口氣流進櫂人唇內，強烈的鐵鏽味與肉味充斥他的口腔。

本能性地理解那東西的真面目後，櫂人瞪大雙眼。他望向她。

伊莉莎白溫柔地接著說道。

——要吞下去或是吐掉，就看你了。不過，可以的話就活著吧，櫂人啊。

——用那個，拯救世界吧。你有做到這件事的力量，還有沒必要的毅力。

——你是世界第一的笨蛋——也是余自豪的愚鈍隨從。

那個聲音簡直像是——

在鼓勵抱著膝蓋發抖的孩子似的。

櫂人目不轉睛地凝視伊莉莎白，然後他咕嚕一聲吞下花瓣。

同時，櫂人壓住胸口雙膝一跪。他猛然嘔吐大量鮮血。

「櫂人大人！」

「櫂、櫂人大人！」

「呃……咕、咯、咳、嗚、喔。」

櫂人一邊聽著小雛跟琉特的聲音，一邊痛苦地掙扎。即使如此，他仍是抬起臉龐。就算吐血發出嗚咽聲，櫂人仍是目不轉睛地看著伊莉莎白，並舉起顫抖的手臂。

我確實收下了——櫂人豎起大姆指。

兩人用邪氣臉龐相視而笑。

就在此時，伊莉莎白有如力氣放盡似的閉上眼睛。

似乎真的從很久之前就已經超越極限了吧，她迅速失去意識。貞德也依舊閉著眼睛。

然而，移動陣自動地完成了。黑闇與光芒，紅與金色混在一起形成的牆壁覆蓋櫂人他們的視野。什麼都變得看不見了。在最後的瞬間，他目擊了某個光景。

雙柱又產生進一步的變化。惡魔之柱飛出黑色鳥群。

正確地說，那不是鳥。是姿態多采多姿的惡魔隨從兵們。

在體內產生劇痛風暴的狀況下，櫂人有所領悟。

（啊啊————世界會變成地獄吧。）

然後，一切會就這樣結束。

＊＊＊

「必須得將吾等得到的情報送至薇雅媞．烏拉．荷斯托拉斯特大人那邊。」

在伊莉莎白的城堡內，琉特低聲喃道。他的部下們應該平安無事地回歸，並且報告完異常事態了吧。然而，在近距離目擊雙柱的人卻只有琉特。

必須傳達正確的情報才行。他不是只有一味地失魂落魄，心裡也有想法。

「這樣下去的話，世界真的會終結。我無法默不吭聲地迎接終焉。也要聯絡亞人種……不，也要把人類算在內商談對策才行。」

琉特緊緊抱住伊莎貝拉的身體。她仍舊沉眠著，不曉得現在發生了什麼事。探頭望向用機械補齊的臉龐後，琉特有如不吵醒她似的低喃：

「關於伊莎貝拉．威卡大人一事，我想要將她託付給妻子。兩人之間有私交，而且就算是伊莎貝拉大人現在的軀體，妻子的治療術應該也有辦法照料吧……我會善待她的，如何？」

「嗯，這樣很好。我想貞德一定也會放心……咕嗚！」

權人一邊回應，一邊嘩啦啦地吐出大量鮮血。

琉特瞪大眼睛，石板鋪面上已經滿溢著量多到不尋常的紅色。

（人吐出這麼多血，真的還有辦法活著嗎？）

琉特如此心想感到困惑。記得櫂人的軀體是人造人（Homunculus）。然而即使如此，血液應該也是用來維持生命的重大要素。如今櫂人趴在地板上，被小雛輕輕磨擦著背部。琉特慌張地朝他的後腦勺發出問題。

「櫂人閣下，您究竟是怎麼了呢？自從由『世界的盡頭』回歸後，您就一直在吐血……真的不要緊嗎？」

「嗯嗯，沒事……沒事的。馬上就會適應、習慣下來吧。」

會習慣什麼——琉特正要如此詢問，異聲卻有如要打斷這句話似的響起。

嘰咿咿咿咿咿咿咿咿咿咿咿咿咿咿咿咿咿咿咿咿咿咿咿咿咿咿咿咿咿咿！

嘎啊啊啊啊啊啊啊啊啊啊啊啊啊啊啊啊啊啊啊啊啊啊啊啊啊啊啊啊啊！

尖銳聲音與複數怪聲響起。定睛一看，教會的通訊裝置正被惡魔隨從兵追著跑。豬頭人身又裝上翅膀般的隨從兵們，與白色球體一同逼近城堡。

琉特連忙從窗邊退開，他們一起衝進寢室內。

小心地讓伊莎貝拉躺到地上後，琉特拔出劍。現在櫂人身體狀況不佳，小雛也不想離開主人身邊吧。琉特做好獨自與多數敵人戰鬥的覺悟。

（累積至今的許多恩情，如今正是回報的時候！）

就在此時，仍然趴在地上的櫂人孱弱地舉起手臂。他彈響受傷的手指。

「————成形（La）吧。」

空中出現十片刀刃。

數十道銀光奔馳而出，利刃們無聲地往返房間。

隨從兵們被輕易斬裂。被分割為數塊的肉片掉到地上，內臟撒落一地。

壓倒性的攻擊力令琉特啞口無言。他舉著劍，就這樣茫然地眺望櫂人。櫂人本人甚至沒看一眼敵人的末路，他仍然趴在地上嘔吐鮮血。

琉特茫然自失，小雛也無言以對，只有弗拉德嗤笑著。

櫂人的所為便是如此異常，是至今為止的他不可能做到的事。

沒擁有「拷問姬」那種程度的力量，就不可能進行如此一面倒的殺戮吧。

「……櫂人大人，您究竟是——」

「這邊……來，過來這裡。乖孩子。」

櫂人伸出被血弄濕的獸臂。被救下來的教會通訊裝置回應這個招呼，降落在那張手掌上。

羽毛從左右兩邊脫落，沒被密碼化的魔術文字從平滑表面流曳而過。至今為止的櫂人，應該是無法閱讀那些文字才是。然而，他有如理所當然似的點頭，然後起身。

「正好，教會傳來聯絡……薇雅媞・烏拉・荷斯托拉斯特，已經根據你那些回歸行宮的部下提出的報告展開行動了。另外，抵達『世界的盡頭』的亞人們也回歸，而且聽說也開始行動了。各地正大量產生隨從兵，根據部分回歸者帶回來的情報，疑惑與非難聲浪群起湧向教會。現在預定要進行三種族集會，事情便是如此。事情能迅速進行是再好不過了。有能幹的傢伙在場，講起事情就快多了，很好。」

櫂人如此笑道。然而，他吐出了相當程度的鮮血。黑色軍服被弄得又紅又濕。

一邊從全身啪噠啪噠地滴著血，櫂人一邊重整體勢。他將教會的通訊裝置隨手一扔。那副粗暴的舉動，也有點像是伊莉莎白。

「順帶一提，通訊者是拉．克里斯托夫。『拷問姬』已經被視為反叛者了吧……之所以捎來訊息，是因為那傢伙也對把伊莎貝拉關起來這件事有所感觸吧。我也收到了指定的轉移地點。難得別人邀請──就去一趟吧。」

「說去一趟，是要去哪裡呢？」

「這還用說嗎？要闖進集會的現場，移動陣由我啟動。」

櫂人極輕鬆地宣布至今為止無法好好做到的事。他發出高亢靴音邁開步伐，長上衣的下擺翻飛。內側在不知不覺間染上了緋紅色。

就這樣，瀨名櫂人用極沉著的聲音做出宣言。

「這是為了讓所有人活下去的討論會。就盡量膽大心細地去做吧。」

亞人

指由聖女創造的「沙漠女王」孕育而生、擁有爬蟲類頭部的種族。「沙漠女王」已經死亡，真正的純血種有減少的傾向，因此他們比獸人還要封閉，還要純血主義。雖在第三次和平協定之後與人類保持友好關係，純血者卻幾乎不會離開以各血統純度劃分的區域。另外，除了獸人以外，對於跟其他種族積極交流一事抱持保留的態度。（在人類領土生活的混血者雖為數眾多，卻不被亞人自己視為『亞人種』。）

獸人

指由聖女創造的「森之三王」孕育而生、擁有動物類頭部的種族。由至今為止仍然活著的「森之三王」指名的「皇族」們進行統治。在第三次和平協定之後與人類保持友好關係，也會援助因惡魔而遭受損害的人類。在政治面、經濟面等多方面持續交流中。然而只要有機會就想跟人類為敵，伺機打算擴大領土的激進派也開始在皇族內部展露頭角。（在人類領土生活的混血者雖為數眾多，卻不被獸人自己視為「獸人種」。然而，由於擁有獸人種不同於亞人種的認知，因此只要當事人提出並通過申請，有時也能越過邊界進入領地。）

人類

指由聖女直接創造出來、外形跟她一樣的種族。目前由王族進行統治。信仰聖女的教會，長久以來與王族息息相關。支配的領土、保有的戰力都是世上最大，是實質上的「支配世界的種族」。然而，惡魔卻尋求著神之創造物的痛苦，人類也因惡魔的侵略而苦惱。至今為止跟亞人與獸人之間雖未演變成正式的戰爭，卻有著種族間的不合、歧視問題、各地的流血事件、以及侵犯領土權利問題等諸多衝突。然而，在第三次和平協定之後，跟兩種族都保持著友好關係。

10 狂王的宣告

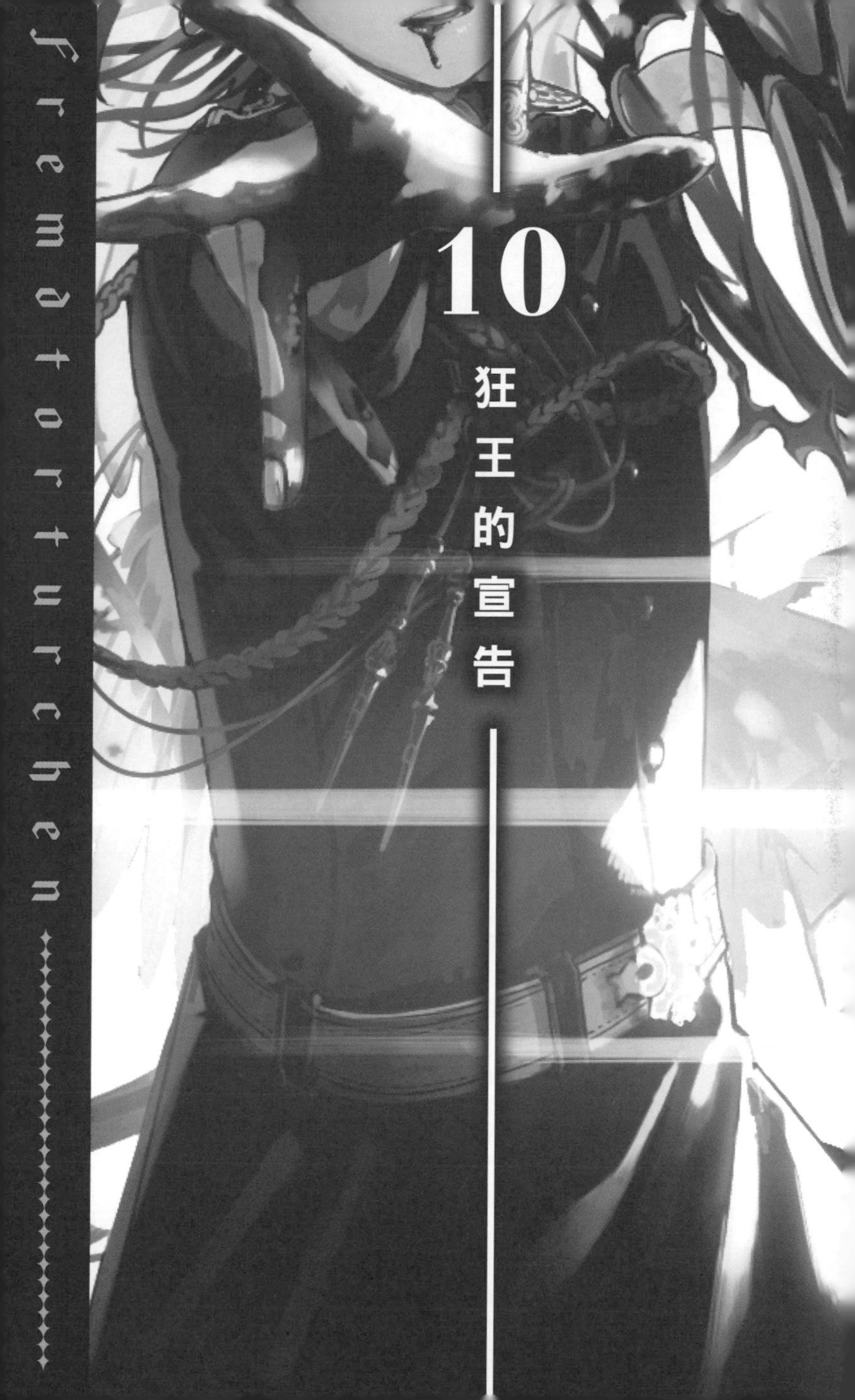

現在，人類的王城受到化為肉塊的惡魔襲擊而消滅了。

整座王都受到深切的打擊，處於連重建的目標都尚未成立的狀態。

即使如此，如果比較人類、獸人、亞人的勢力圖，人類支配的領域仍是最寬廣，保有的軍事力量也很強大。本來考量到他們的話，應該會使用教會本部作為替代用的會場才是。然而目前在獸人與亞人之中，對教會的不信任感爆炸性地升高，所以人類的提議被兩種族拒絕了。

結果，森之三王的宮殿——恐怕是作為妥協案——而被選為集會地點。

除了暫時消去身影的弗拉德外，三人在櫂人的帶領下前往那個地方。

他們使用殘留在教會通訊裝置裡的座標完成轉移。蒼藍花瓣形成圓筒形牆壁，然後崩壞。抬頭仰望令人感到懷念的宮殿，琉特瞇起雙眼。櫂人發出感嘆聲。

「原來如此，這還真是壯觀呢。」

「嗯嗯，吾等尊崇與自然界共存的生活。最能體現此事的便是三王陛下居住的這座宮殿——世界樹。」

琉特挺起胸膛如此回應。雖然顧慮到櫂人而沒說出口，不過他認為三王的宮殿是人類王城根本難以比擬的尊貴場所。

巨大的樹木聳立在琉特他們的眼前。

舊大樹從整體釋出神聖氣息，因此隨從兵們也無法輕易接近此地。樹枝以複雜形式捻合在一起，覆蓋視野內的所有天空。有著裂縫的表皮很硬，看起來似乎沒有可以棲身的空間。然而，實際上洞穴卻四通八達地在世界樹內部奔馳，構造接近蟻巢。內部備有不只是獸人，就算是人類也能過著舒適生活的設備。三王棲息在樹的最下層，自世界樹滲出來的湖畔。

薇雅媞有傳下話，因此守門人把琉特他們放了進去。

平常只有被選出來的獸人才能滯留在世界樹裡，然而現在卻被許多種族擠得水洩不通。四處都可以見到進不去集會大廳的成員身影。

或許是因為許久未見，亞人士兵與獸人士兵熱情地握手。在香菇製的椅子上，數名聖騎士一臉疲憊地癱坐在那兒。服裝看似處刑者的人們朝周圍投出高壓視線。亞人們正面承受那視線。

「真是的，帶來這麼多人根本擠不進去是要怎樣啊，好吵鬧呢。」

櫂人有如散步般，在緊迫氛圍中前進。

每向前一步，四周就會竄出動搖氣息。就連沙場老兵都會在他通過時瞪大眼睛退向後方，而且毫不隱藏地朝這邊露出敵意跟警戒心。

就像在說——這傢伙究竟是何方神聖似的。

瀨名櫂人現在的模樣就是如此異常。不但渾身是血，還纏帶著明顯的霸氣，而且舉止還很自然。其中應該也有人發現櫂人是「皇帝」的契約者。然而，拿出勇氣出聲叫住他的人連一個都沒有。

在他後方，琉特靜靜地感受到疑惑跟戰慄。

（感覺實在不是普通人……不，櫂人閣下原本就是惡魔契約者……不過，為何會像這樣變得截然不同呢？）

琉特瞇起眼睛，眺望他堂堂正正的背影。

（簡直像是——「拷問姬」似的。）

櫂人無從得知那些疑問，繼續踩著輕盈步伐。

途中，從遠遠圍成一圈的一群人裡，有人開口向琉特搭話。

「——隊長！您沒事真是太好了！」

「哦哦，是你們。」

是在「世界的盡頭」分開的部下們。因平安無事重逢互相欣喜後，琉特得到了某個情報。據說三王表示不會出席這次的集會。他們無意離開設置於世界樹根部的湖畔房間，似乎是打算貫徹君臨卻不統治的原則。

意思是，集會討論方向會跟至今為止一樣託付給皇族。

「是嗎……也不是不明白三王陛下的想法。」

「嗯，這讓我有不好的預感呢。」

琉特含糊其辭時，櫂人在一旁斬釘截鐵地做出斷言。老實說，琉特也同意。恐怕不只是他，薇雅媞・烏拉・荷斯托拉斯特的私兵團全員都抱持著相同的擔憂吧。畢竟皇族裡渴望擴大領土的聲音也很高。

在此時此刻，可以預料集會將會出現紛爭。

在前往集會舉行地點的途中，琉特等人順路去了某個大房間。

＊＊＊

惡魔隨從兵從「世界的盡頭」飛出，在地上的每一個角落肆虐。

人類受到的損害雖特別大，據說獸人各皇族的行宮似乎也遭到襲擊。因此薇雅媞的治療院成員也前往世界樹避難了。

琉特衝進從部下口中得知的房間，那個房間充滿具有消毒作用的花朵香氣。數量頗多的床鋪整整齊齊地占滿室內空間。

據說由於有一部分私兵團出動之故，女官與園丁們受到了很大的損害。

琉特咬緊牙根，對自己不在一事感到懊悔。然而，負傷者們卻撐起上半身，陸續對他說出溫暖話語。

「琉特大人，您回來真是太好了。」

「來，去叫她、叫她過來。」

山羊頭女性被某個治療師慌張地搭話，然而，用乾淨布片掩著嘴的她卻優先治療好傭人。告一段落後，她站起身軀，神態平靜地走向這邊。琉特的妻子發出知道的人就能感受到，雖然淡泊卻滲出親愛之情的聲音。

「我就想說你平安無事，不過連一個傷口都沒有真的很不錯呢，琉特。不愧是我的丈夫……看樣子，這似乎不能說是完美的回歸呢。」

「嗯嗯，我當然沒受到會讓妳擔心的傷勢嘍，艾茵。不過，哎……發生了很多恐怖的事。接下來我要去薇雅媞・烏拉・荷斯托拉斯特大人那邊報告。這段期間內，希望妳能診治伊莎貝拉大人。」

「伊莎貝拉？是伊莎貝拉・威卡大人嗎？我的確跟她很親近，不過教會的術師應該比較能給予適當的治療……居然……」

琉特無言地遞出伊莎貝拉。看到半機械化的姿態後，琉特之妻——艾茵——立即察覺到其中有很深的內情。

點點頭後，她轉過身軀。艾茵一邊快步前進，一邊淡淡地接著說道：

「體力的消耗似乎很激烈。請讓她睡在這邊，嗯，輕輕放。」

琉特聽從她的指示，讓伊莎貝拉橫躺在重傷者專用的隔離床。如此一來，就不用擔心會被別人看見機械化的模樣。

艾茵幹練地檢查伊莎貝拉的全身。在確認食道並判斷沒問題後，她讓伊莎貝拉喝下湯藥。另外，也在皮膚與機械的接合部位塗抹軟膏。

過了一陣子，伊莎貝拉的鼻息聲變重。艾茵浮現慈愛表情，輕撫機械化的臉頰。然而，她忽然銳利地回過頭。艾茵筆直地瞪視櫂人。

「這樣伊莎貝拉大人的事就能暫時放心了……看樣子您似乎不是沒事呢？」

「嗯？我？呃，我確實渾身是血，不過沒受到重傷……請別擔心。」

「這不是有沒有負傷的問題。現在的您看起來是您，卻又不是您。」

琉特不由自主倒抽一口涼氣。這是他想問，卻又問不出口的疑惑。

艾茵沒從櫂人身上移開視線。她毫不膽怯，更加深入地直搗核心。

「雖然不太會講……不過這是一件很恐怖的事情吧？」

沉重沉默擴散在現場。櫂人重複地眨眼，小雛垂下眼皮什麼也沒說。

琉特緊張地尾巴炸毛。然而在數秒後，櫂人忽然噗哧一笑。

「哈哈哈，雖然我也是如此。不過，我說琉特啊，你真的有個好老婆呢。」

「是、是的，我也大大地有所自覺……好痛，艾茵，別踩我的腳啊。」

「現在明明不是講這種話的時候，那麼，您真的沒事嗎？」

「嗯……妳說的話是正確答案。不過，我沒事喔……到頭來，我還是我。」

（櫂人閣下對這個問題避重就輕了。）

琉特如此感覺。大概本人也有自覺，櫂人困擾地傻笑。看到那個表情後，琉特微微感到放心。那張友善表情確實是瀨名櫂人所有。

琉特突然有一個想法。

（把這張笑容——————牢牢記下來吧。）

不論發生何事，都不要忘掉它。

雖不知原由，但琉特的確強烈地這樣想。

＊＊＊

離開臨時設置的治療院後，琉特他們再次前往集會場所。

不久後，他們抵達了又寬敞又長的走廊，那兒只設置了一道巨大的雙開式門扉。

使用世界樹本身作為建材的表面上，用高超技術施以代表三王與各皇族的複數花朵浮雕。在氣派的花紋面前，有兩名剽悍的獅子族待命著。

看見琉特後，守門人向琉特行禮。同時，他們也讓彼此的長槍交錯，牢固地堵住門扉。

一人幹練地朝琉特搭話。

「辛苦了，琉特大人。薇雅媞．烏拉．荷斯托拉斯特大人有言，關於遠征一事已有所耳聞。不過，集會已經開始了。不論是何人都不能進到這扇門後。請您待集會結束後再行報告。在那之前，請在休息室等候。」

「什麼啊，已經開始了嗎？那正好吶！」

琉特回應前，櫂人就從背後探出臉龐。

看見他渾身是血的模樣後，獅子頭守門人明顯露出不信任的表情扭曲臉龐。

「嗯，這個人類是——」

「——稍微睡吧。」

櫂人彈響手指。同時，兩枚小刀無聲無息地出現在守門人後方。刀刃喀的一聲敲擊他們的後頸。守門人無聲崩倒在地。

琉特慌張地抱住其中一人，一邊壓低聲音叫道：

「櫂人大人，您幹嘛突然這樣！這實在是太粗暴了！」

「放心吧，我覺得自己力道調整得很完美，他們馬上就會清醒的。」

悠然地如此說道後，櫂人將手放上門扉。就在此時，琉特察覺通道另一頭也有人倒在地上。看樣子櫂人對巡邏的警備兵也做了同樣的處置。

（就在那一瞬間？）

琉特感到驚愕之際，現場響起肉被燒灼的滋滋聲。

琉特慌張地將視線望向門扉。定睛一望，櫂人抓住門把的手正在冒煙。然而，就算自己的手正在被灼燒，他仍是浮現淡淡笑意。

「布下了挺厲害的結界呢。會被這玩意兒燒到——表示我也是汙穢之人了嗎？」

櫂人的掌心在轉眼間不斷燒爛。毛皮燃燒，肌膚剝落。然而，他仍是不斷用力，小雛也沒有試圖制止。門把上塗滿了燒焦的血液以及體液。

蒼藍花瓣與黑闇有如風暴般在它周圍捲動。

啪的一聲，現場響起某物裂開的聲音。

瞬間，門扉大大地開向內側。

人與獸人、亞人王族、貴族們、教會相關人士、所有視線一齊望向他這邊。

「——『拷問姬』的代理人，在此打擾。」

在那些視線前方，瀨名櫂人猙獰地笑了。

＊＊＊

幾乎所有人都啞口無言。然而薇雅媞・烏拉・荷斯托拉斯特與拉・克里斯托夫卻有如預料到這個事態似的點點頭。

瞬間，無數刀刃發出聲響指向櫂人。護衛們一起舉起武器。

這個反應果然迅速，教會的最高司祭之一同時大叫。

「無禮之徒！『皇帝』契約者找吾等何事！」

護衛們的殺意射穿櫂人。瞬間，現場發出嘰咿咿咿咿咿咿咿咿咿的高音。

他們的劍刃與槍尖接連飛至空中。小雛用受到魔力輔助發出蒼藍光輝的槍斧（Halberd）將其斬光。她維持揮出武器的狀態，有如野獸般屈身。

小雛靜靜地抬起臉龐。寶石製的翠綠眼映照出護衛們因吃驚而僵住的身影。

「……你們不會懂的。他得到了什麼，又捨棄了什麼。既然如此就退下待命吧，無禮之徒。」

小雛用冰冷聲音低喃，就在每個人都因為那副嚴苛模樣而毛骨悚然地屏住呼吸之時。

櫂人啪啪啪地拍響雙手。聚集現場的視線後，他沉著地展開雙臂。

「那麼，我希望參與集會的各位冷靜。我從拉．克里斯托夫那邊接到集會的聯絡，也是薇雅媞認識的人。而且，也是教會最強武力『拷問姬』的隨從。我是認為自己有資格參加啦，各位覺得如何呢？我是不會離開的，但也不會礙事。你們自便吧。」

櫂人悠然地提出與自己有關的權貴之名。

琉特臉色發白。果不其然，非難視線群起湧向當事者。然而森林的第二皇女，與以驚異精神力為豪的聖人卻一臉沒事地做出回應。

「我命令過琉特報告在『世界的盡頭』發生的事情。在那邊發生的事就是此次所有事件的開端，也是諸惡的根源。如果他判斷瀨名・櫂人有必要以證人身分在場的話，那我支持他。」

「的確，我傳了一封訊息邀請『拷問姬』。在廣場的騷動之後，她似乎與伊莎貝拉・威卡在王族地下陵寢確認到『某物』。在那之後，『守墓人』動員聖騎士移動至『世界的盡頭』。這也能回答諸位亞人對吾等提出的疑問吧。他們有義務要提出證言。」

數道怒喝聲飛向兩人的回應。然而在這陣騷動中，櫂人用戲謔舉止彈響手指。蒼藍花瓣與黑闇捲動，這次在魔術師們的全神戒備中，他創造出一張椅子。那是一張豪華氣派的椅子，跟以前弗拉德產生之物完全相同。他坐了上去。

傲慢地用手撐住臉頰後，櫂人蹺起腳。就這樣，他毫無任何畏懼地繼續說道：

「來吧，繼續談——不快一點的話，世界就要毀滅了喔。」

櫂人的話語也有道理。而且同席的唯一一位聖人也支持他參加。沒有方法可以趕走實力足以打破結界的強者。

現場漸漸變得寂靜，眾人不情不願地再次進行集會。

就這樣，「皇帝」契約者、人類公敵參與了左右世界命運的討論。

＊＊＊

「的確，沒有時間了。『世界的盡頭』突然產生雙柱。從它們之中的黑柱產生出來的無數隨從兵正在蹂躪世界。這樣下去的話，所有種族都會滅亡吧。另外，教會主張的重整會實際進行的可能性，就現況而論可能性不高。」

「……………什麼啊，還在這個階段啊。」

獸人文官的話語讓櫂人喃喃低語。教會似乎還相信會有重整。然而仔細想想，與使徒對話過，又目睹聖女那種瘋狂的人只有櫂人他們。

就算惡魔與神之柱建立起來，也會有人認為這是重整的徵兆，奇跡的神蹟吧。

看樣子，集會似乎就是因為這樣而沒有交集。以教會為中心的人類，跟兩個種族的對立似乎正在惡化。如今最高司祭也發出聲音反駁文官的言論。

「對於信仰不同的人來說，這件事很難理解吧。然而就吾等所見，此時到來的正是刻劃在傳說中的約定之日。虔誠的信仰者會被邀請至來世。如果因為自己沒那個資格而悲嘆一切將要結束，那可是會讓人很困擾的。」

「原來如此。那麼，就按照諸位的主張，假設目前的現象是重整的過程吧。可以認定這是諸位希望的狀況——所引發的事件嗎？」

帶刺話語響起，櫂人望向對方。擁有漂亮紅毛的狐頭獸人正浮現艷麗笑容。面對朝敵對者溢出的反應，薇雅媞發出勸諫聲。

「——皇姊，現在比起追究責任，應該要商討各自的對策才是。」

「妳安靜，薇雅媞。不現在弄清責任的所在，是要做什麼？而且剛好也有人闖入。就在此時公開我們隱藏的情報吧。」

她——恐怕是渴望擴大領土的獸人第一皇女——甜美地如此低喃。

她深深地將適合穿男裝的身體靠上椅子。跟權人一樣，第一皇女蹺起腳。

「聽聞諸位亞人發現了變形的『聖騎士』遺體。其實我們這邊也有發現喔。」

「……究竟是發現什麼？」

「在隨從兵出現與薇雅媞傳來消息後，我立刻派遣第一皇女私兵團精銳前往『世界的盡頭』。雖然有七成死亡，卻還是取得了十足的成果喔。是變形的聖騎士屍骸，以及放聲大笑的女人呢。雖然搞不懂那個女人是怎麼回事，不過很有趣呢。可以在她背後十足地感受到教會的影子。」

「————唔！」

教會那一方露出明顯的動搖神態。然而，他們並不是因為被第一皇女的指正而焦躁。就他們的認知而論，已經確定會世界重整。事到如今，就算被指出罪行也不會有任何影響。然而，關於被對方掌握的女人，那又是另外一回事了。

如果她是聖女的話，對教會來說就是尊貴之人落入敵手。然而第一皇女似乎將他們的動搖看成另一種意思。得意表情的笑容加深，她繼續說道：

「這次的事態，以及雙柱的發生，如果是以重整為目標的諸位所為……那各種損害各位是要如何賠罪呢？」

「皇姊說的一點也沒錯。賠償要以有誠意的形式進行吧。」

又有年輕的聲音對她表示贊同。那是擁有黑豹頭部的青年，恐怕是獸人第三皇太子吧。他將像是寶石的藍眸投向教會一行人，僵硬的聲音從右邊發出。

「等等。關於賠償責任，等事情平靜下來再談也行吧。現在應該討論如何防止隨從兵對人民造成的損害。教會保有聖人與聖女，根據他們的表現，也有必要考量減輕罪責吧。」

「哦？對於招致如此事態的對象還真溫柔呢。」

「吾等一族的純血者數量不多，一個重要區域也因為此次事件而產生損失。需要立即採取防衛對策。」

「……這邊是純血主義啊。」

戴眼睛的蜥蜴頭亞人如此說道後，櫂人喃喃低語。琉特也對他的無言程度感到贊成。代表以外的亞人雖然也沒有異議，不過應該還有其他要守護的對象才是。

在騷動的旋渦之中，人類的王只是一昧發抖。跟聽聞的一樣，他很年輕。浮現雀斑的臉龐因緊張而僵硬。看起來像是偏向教會那一邊的隨侍者，有如緊緊貼住般坐在王的兩旁。在距離他們略遠的席位上，拉．克里斯托夫開口說道：

「關於教會內的部分勢力失控一事，吾等也處於正在調查的階段。要斷定此現象是否為重整過程也是不可能之事。首先吾等──認為以聖人跟聖女為盾，展開三種族聯合防禦戰線是符合現實的策略。現在請各位務必伸出援手。」

「……連你也還在這階段嗎？」

櫂人深深嘆息。教會之人果然難以捨棄重整的可能性。然而，像這樣討論事情之際，各地也發生許多損害。世界正充斥著慘叫與痛苦，漸漸走向終結。然而，在這裡的人們卻無法實際感受到這個現況。

「琉特，你應該有看到雙柱立在『世界的盡頭』才對。我需要報告。」

薇雅媞呼喚琉特，他連忙擺出敬禮的姿勢。

薇雅媞的判斷很正確。如今，此處需要的是正確的情報。全員得先認知自己正站在崩塌的懸崖上、待在煮沸的鍋子裡才行。

「屬下就先說清楚吧──絕不存在重整的可能性。」

琉特如此斷言。現場一片嘩然，教會成員因憤怒而染紅臉龐。然而，琉特卻無視非難聲音，淡淡地闡述自己這群人所見。

「首先，關於吾等在王族地下陵寢目擊到的東西────」

瘋狂的真實一層又一層地疊上去，現場漸漸變得鴉雀無聲，開始帶有另一種緊張感。

「就這樣，聖女將神與惡魔的契約轉移至兩名『拷問姬』身上。她的目的是──」

放棄自己肩負的職責。

他正要如此說道時，圓桌磅的一聲被激烈拍響。教會陣營終於站了起來。

「誰受得了繼續被汙辱啊！『皇帝』契約者，還有與『拷問姬』同行之人的證詞不值採信，最好給我注意你的嘴！」

「連自身之力都無法顯示之人是弱者，無法用知識戰鬥之人是愚者，如果是會吱吱喳喳吵死人的話，那就是無能……連活著的價值都沒有，無疑就是豬玀。你是哪一邊？是無能，還是豬玀？」

響亮聲音打斷怒聲，櫂人懶洋洋地如此低喃。最高司祭之一正要反駁，卻僵在原地。櫂人的眼神實在是寒如冰霜。他低聲提醒：

「——好了，現在先聽到最後吧。」

「咦，呃，還有一個壞消息。不只是隨從兵造成的損害，那兩個柱子會在十多天內崩壞。神與惡魔同時被解放的話，世界就會毀壞吧。」

「那時候就是重整的——」

「————是七天。」

櫂人再次打斷教會之人的聲音。現場的視線一齊集中至他身上。

在如此狀況下，櫂人再次輕輕豎起手指，淡淡地重復宣言。

「惡魔之柱只能撐七天。靠伊莉莎白現在殘留的魔力，這就是極限了。」

「可是，櫂人大人……弗拉德、大人說能撐十多天。」

「如果是以前的伊莉莎白，確實是那樣。不過，現在不同了。」

櫂人緩緩搖頭，他用平穩的表情編織出只有自己知道的事實。

「在惡魔侵蝕身體的效果下，那傢伙目前處於死不掉的狀態。然而，她趁自己還自由時，讓某個臟器逃到了外面。因此，那傢伙現在無法在體內產生出新的魔力。」

所有人臉上都浮現疑惑。讓臟器逃走這番話，實在是過於天馬行空。只有小雛緊緊握住女傭服。那個臟器是──琉特用視線如此詢問。

咚的一聲，櫂人敲擊自己胸口。

然後，他說出異常的真相。

「因為伊莉莎白的心臟，如今就在我體內。」

＊＊＊

在十多秒的空白後，琉特終於理解櫂人的話語。

（「馬上就會適應、習慣下來的」是這個意思啊。）

對暗黑魔術師而言，血是重大要素。他們會以心臟為起點生成魔力，然後讓魔力乘著血液輸送至全身。伊莉莎白有著惡魔肉紮根的臟器，是其他東西所無法媲美的強力爐心。他把那東西納入自己體內。既然如此——如此思考後，琉特無言了。

（也就是說……該不會……現在的權人閣下——）

是繼承「拷問姬」魔力、不死的「皇帝」的契約者。

能理解這個壓倒性事實的人並不多。然而，有數名魔術師變了臉色。

權人無視他人的驚愕與理解，繼續說道：

「另外，由於繼承了那傢伙的心臟，我與伊莉莎白之間產生了新的連繫。被惡魔奪走意識，從那傢伙體內擅自誕生的隨從兵們——牠們殘害他人製造的痛苦，如今正送達至我這邊。」

「……………………啥？」

琉特發出傻眼聲音。

權人咧嘴一笑，紅色鮮血無聲地從嘴角滴落。

「再怎麼說我也不能失去意識，所以有調整過就是了，不過可是挺痛的喔。」

琉特做出想像。如今，隨從兵們正將這個世界變成地獄。牠們在每一個角落進行野蠻行徑。如果牠們產生的痛苦，只送達至一個人身上的話——

（不可能有辦法保持精神正常！怎麼可能，為何撐得住！）

「強制性地被迫習慣痛楚，只有這件事得感謝老爸才行吶。」

櫂人悠哉地笑道。不適合狀況的表情令現場為之一僵。就算在這段期間內，痛苦仍然分分秒秒地傳達至他身上。那些痛苦全都透過「皇帝」轉變為魔力。

沉默中甚至滲出恐懼。當事者櫂人聳聳肩，用下巴輕輕地比了比。

「那麼，怎麼了？繼續討論啊。這樣下去的話世界會毀滅，你們應該明白才對吧？」

「是、是這樣沒錯……不，不是這樣！吾等的立場不變。就算聖女放下重擔是事實——寄宿在新聖女身上的神應該也會完成重整才對！吾等是如此相信的！不是這樣的話……不這樣是不行的。」

「原來如此。怎麼說都要殉死於信仰的話，那人類就隨你們開心地滅亡嘍。」

低沉的野性聲音響起。獸人第一皇女伸舌舔舐嘴巴周圍。

她用利爪發出光輝的指頭，咚的一聲敲擊圓桌表面。

「我國拒絕三種族聯合防衛戰線的提議，和平協定也廢棄吧。接下來我國要專心防衛自己的國度，同時也在此宣布前進人類領土。吾等應該有權利復仇才是。聖女也握在手中……就讓我國同時進行反抗柱子與諸位渴望的人類之殲滅吧。」

「皇姊，這是愚昧的判斷！居然在此進行宣戰布告……皇姊確實擅長作戰，我也聽聞皇姊備有的大軍更勝失去的精銳部隊。然而，皇姊真心認為可以不用付出大量犧牲就能完成這兩件事嗎？有野心會讓森林變貧瘠，連這一點都不明白嗎？」

「妳閉嘴吧，薇雅媞！第二皇女那伶牙俐齒是在針對誰呢！吾等沉默已久，放掉現在的好機會，就等於是要傷害獸人的尊嚴喔！」

第一皇女的激昂怒火令薇雅媞收起言語。她唯一的武器就是人民的支持，在這裡的發言權並不高。現在不是應該要爭執的時候。

面面相覷後，亞人們也站起身軀。戴眼睛的古綠色蜥蜴頭嚴肅地低喃：

「好吧，這一切都是人類自找的。吾等便與舊友一同布下共同戰線吧。如果想心甘情願地接受滅亡，那就隨便各位吧。不過，教會內部的混亂似乎很深沉。諸位已經連本國人民都無法好好守護了……這就是所謂的終結吧。」

兩種族的敵意筆直地朝向人類。的確，這一切都是教會惹來的事端。

也可以說這是當然的結果。然而承認過錯改變事情走向，現在的他們不可能做得到。

拉．克里斯托夫沒有判斷權，兩名心腹朝王低喃。

「陛下，如今正是做出決斷的時候。只要重整的時刻造訪，吾等就會得救吧。然而，在那之前消滅異端者的時機到來了。應該更早這樣做才對。此時是第三王以來初次的宗教戰爭，得向神顯示信心才行，這也是為了人民。」

「陛下，請您務必許可發動所有的聖人與聖女。」

「……我……吾……」

王明顯感到困惑。在此時此地做出判斷，大大超越了他的精神容許量。年少的他因重責大任與死亡的恐懼而發抖。教會之人想在反對派有力貴族來不及參與集會的地方談判吧。只要您點頭就行了——心腹們甜美地低喃。

在這種情況下，琉特望向某人。

櫂人沉穩地眺望集會，他用清澈至奇妙境界的眼瞳映照出全貌。

櫂人深深地吐出氣息。然後，他緩緩彈響手指。

「————成形（La）吧。」

空中出現數百枚以上的刀刃。

蒼藍花瓣與黑闇氣派地舞動。在它們之中，一大排像是斷頭斧的光輝整齊地排列著。刀刃鎖定聚集在現場的所有人的腦袋。越是戰鬥經驗豐富的人，就越是不得不理解一件事。

這個本來是動用數百名士兵才能做到的舉動。琉特一邊瞠目結舌，一邊也這樣思考。

（所謂的謀反，本來就不是一個人可以做到的事。）

就在剛才，這個常識被瞬間顛覆了。

現場響起聲音，聲音中伴隨著略微遺憾的語調。

「已經夠了————我不對你們抱有任何期待了。」

瀨名櫂人從椅子上緩緩起身。

他翻飛黑色軍服下襬，邁開步伐。其上衣內側果然跟「拷問姬」的洋裝一樣染著緋紅色。就在此時，琉特初次察覺到一件事。他的野獸左臂已變回人類之物，宛如在證明身為魔術師的他出現爆炸性成長似的。櫂人輕盈地躍上圓桌，琉特沒有跟在後面。然而，美貌的機械人偶毫不猶豫地置身於櫂人身邊

『什麼啊，什麼啊，終於要拿起王冠了嗎，吾不肖的主人啊？』

發出像是人類的嗤笑聲後，異貌黑犬也出現了。有如在說順便似的，櫂人彈響手指。蒼藍花瓣與黑闇撒向四周，弗拉德．雷．法紐的幻影優雅地出現了。

『嗨——高貴的諸位，在【吾之後繼者(My Dear)】面前齊聚一堂了。』

他將手放到胸前，朝一行人展露優雅又端正的禮。

櫂人率領他們，在圓桌中央停下腳步。蒼藍花瓣與黑闇捲起旋渦。從中落下一柄漆黑長劍，刻在美麗劍刃上的字句發出眩目光輝。

其意義，烙印至聚集於此的所有人眼底。

『對我來說，一切事物都是被容許的。然而，我也不被任何事物所支配。』

蒼藍光輝倏地消失。在仍然飛舞著的花瓣中，櫂人睥睨四周。

「我只是想拯救自己憧憬的女人而已，也不想再出現更多的犧牲。就只是如此。我沒有支配欲也不想要名譽，也無心統治或是施行政治。之後的權力利益更和我無關。不過——現

在把世界託付給我吧。」

瀨名權人，「拷問姬」的隨從睥睨所有種族的權貴。

紅色鮮血從他的嘴角滴落，他將劍尖指向變成人質的人們。

「人類與獸人還有亞人皆為平等。所有生者都是無知又愚鈍的畜生，卻也比一切還要尊貴。所以我答應你們。我會讓你們活下去。我一定會拯救世界，為了達到這個目的——」

然後，曾在異世界無意義地死亡的少年，堂堂正正地做出宣言。

「我只有此時此刻是王，盲目地服從我吧。」

在這個瞬間，漸漸滅亡的世界誕生了一名狂王。

在雙柱豎立的世界裡，賭上生存的戰線就這樣開始了。

後記

回過神時，已經是秋天了。

然後，這是第五集。哈雷路亞。

非常感謝各位購買《異世界拷問姬》第五集。我想在系列作中，這是對櫂人他們而言最辛苦的一集吧，各位覺得如何呢？在寫作的途中，我有數次浮現（事情真的大條了）的想法，在潤稿時也再次覺得（事情果然是大條了）。雖然是按照劇本進行沒錯，不過居然會有這種事呢。第六集也預定要咚咚咚咚咚地推進劇情，各位能期待的話我會很高興的。

另外，本集與倭ヒナ老師漫畫化的《異世界拷問姬》第一集同時發售（註：此指日版），因此我這個作者也感觸頗深。也有將綾里的短篇故事與倭ヒナ老師、鵜飼沙樹老師的插圖同時購入的特典，還請各位多多惠顧。兩位老師的畫都非常美麗，令人大飽眼福。

像這樣出漫畫版，也是託了用深愛描出作品的倭ヒナ老師，以及漫畫化責編，還有多位跨媒體相關人士的福，以及最重要的諸位讀者支持。今後也請大家多多關照《異世界拷問姬》的漫畫版跟原作。另外，官方推特（@goumonhime）也上線了，不介意的話還請大家務必追蹤。

接著，雖然突兀地要進入致謝部分，不過我要在此深深地感謝畫出許多有如美麗繪畫般插圖的鵜飼沙樹老師、給我許多建議的O責編、將本作漂亮地漫畫化的倭ヒナ老師、相關工作人員，以及重要的家人，特別是姊姊。也要再次向最重要的諸位讀者致謝。真的很謝謝大家像這樣看到第五集。綾里能做到的回報，果然就只有竭盡自身所能一股腦地創作了，今後我也會努力的。

那麼，希望還能與各位再會。

一名狂王誕生了。
世界會終結，抑或不會終結呢？
他，還有她——

國家圖書館出版品預行編目資料

異世界拷問姬 / 綾里惠史作；梁恩嘉譯. -- 初版.
-- 臺北市：臺灣角川, 2019.10-
冊；　公分
譯自：異世界拷問姬
ISBN 978-957-743-268-1(第4冊：平裝). --
ISBN 978-957-743-269-8(第5冊：平裝)

861.57　　108013939

Kadokawa
Fantastic
Novels

異世界拷問姬 5

(原著名：異世界拷問姬 5)

2019年10月28日　初版第1刷發行

作　者：綾里惠史
插　畫：鵜飼沙樹
譯　者：梁恩嘉

發行人：岩崎剛人
總經理：楊淑媄
資深總監：許嘉鴻
總編輯：蔡佩芬
主　編：朱哲成
美術設計：黃永漢
印　務：李明修（主任）、張加恩（主任）、張凱棋

發行所：台灣角川股份有限公司
地　址：105台北市光復北路11巷44號5樓
電　話：（02）2747-2433
傳　真：（02）2747-2558
網　址：http://www.kadokawa.com.tw
劃撥帳戶：台灣角川股份有限公司
劃撥帳號：19487412
法律顧問：有澤法律事務所
製　版：巨茂科技印刷有限公司
ISBN：978-957-743-269-8

ISEKAI GOMON HIME Vol.5

First published in Japan in 2017 by KADOKAWA CORPORATION, Tokyo.
Complex Chinese translation rights arranged with KADOKAWA CORPORATION, Tokyo.